Kristina Magdalena Henn · Lea Schmidbauer

Ostwind

Rückkehr nach Kaltenbach

Kristina Magdalena Henn
Lea Schmidbauer

OSTWIND
Rückkehr nach Kaltenbach

cbj ist der Kinder- und Jugendbuchverlag
in der Verlagsgruppe Random House

Verlagsgruppe Random House FSC® N001967
Das für dieses Buch verwendete FSC®-zertifizierte Papier
Pamohouse liefert Arctic Paper Mochenwangen GmbH.

Gesetzt nach den Regeln der Rechtschreibreform

10. Auflage
© 2014 cbj, München
Alle Rechte vorbehalten
© Alias Entertainment GmbH/SamFilm GmbH,
Lizenz durch Alias Entertainment GmbH
Artwork mit freundlicher Genehmigung von SamFilm GmbH
und Alias Entertainment GmbH
Fotos Umschlag: Tom Trambow
Umschlaggestaltung: basic-book-design, Karl Müller-Bussdorf
SaS · Herstellung: mh
Satz: Uhl + Massopust, Aalen
Druck: GGP Media GmbH, Pößneck
ISBN 978-3-570-15812-8
Printed in Germany

www.cbj-verlag.de

1. Kapitel

Schwarze Nacht umgab sie. Totenstille. Kein Windhauch war zu spüren.

Plötzlich packte sie etwas, hielt ihr Bein fest und eiserne Dornen bohrten sich tief in ihre Haut. Verzweifelt versuchte sie, sich zu befreien, doch mit jeder Bewegung verfing sie sich nur noch mehr. Unerbittlich schlang sich der Draht um ihre Beine.

Schemenhaft nahm sie ihre Umgebung war – eine Lichtung, riesige Bäume, die den Wald bewachten und ihn noch unheimlicher erscheinen ließen. Ein Uhu schrie sein Alarmsignal in die Dunkelheit.

Da hörte sie die Schritte im Unterholz.

Sie bäumte sich auf und schlug wild um sich, in einem verzweifelten Versuch, sich zu befreien. Sie musste hier weg. Schnell. Ihr Herz wollte ihr aus der Brust springen.

Doch die Schritte kamen unerbittlich näher. Jemand fasste ihre Schulter ...

»Neiiiiiinnnnn!« Mit einem gellenden Schrei schreckte Mika aus dem Schlaf. Sie riss die Augen auf – und sah eine dunkle Gestalt, die sich über sie beugte.

O nein! War das etwa einer dieser Träume, in denen man träumte aufzuwachen, nur um dann in einen noch schrecklicheren Traum zu geraten?

Doch die Gestalt zuckte erschrocken zurück und schrie mindestens ebenso laut auf. Irgendwie kam sie Mika jetzt seltsam bekannt vor. »F…anny?«, krächzte sie heiser. Und endlich erkannte sie ihre Freundin, die mit einer seltsamen Baskenmütze und einem riesigen Rucksack auf dem Rücken auf das Fußende von Mikas Bett sank.

»Mann! Hast du mich erschreckt!«, schimpfte Fanny und machte einige tiefe Atemzüge, um ihren Puls unter Kontrolle zu bringen.

Mika setzte sich schlaftrunken auf. »'tschuldige. Aber ich hatte schon wieder diesen Traum…« Ihre Augen blickten sorgenvoll.

»Den, wo der Lessing dich ans Lehrerpult fesselt und du den Satz des Pythagoras pantomimisch darstellen sollst?«, fragte Fanny mitfühlend, aber als Mika nur abwesend den Kopf schüttelte, plapperte sie munter weiter: »So was musst du jetzt auch nicht mehr träumen, denn ab heute sind hochoffiziell Sommerferien! Und wir fahren nach…«, Fanny trommelte einen kleinen Wirbel auf die Bettkante, »…MAGNIFIQUE PARIS!«

Mika schwang die Beine über die Bettkante und verkniff sich einen Seufzer. Paris. Zwei endlose Wochen lang hinter Fanny durch staubige Großstadtstraßen her schlurfen. Aber so war der Deal, den die Freundinnen gemacht hatten: zwei Wochen Paris und dann – Mikas Herz machte einen kleinen Satz bei dem Gedanken – zurück nach Kaltenbach! Zu Ostwind.

Eine gefühlte Ewigkeit war vergangen, seit sie ihn das letzte Mal gesehen hatte. Zwar telefonierte sie fast täglich mit Sam, der ihr geduldig berichtete, wie gut es dem schwarzen Hengst ging, aber seit ein paar Nächten hatte sie auch diesen Traum. Immer wieder. Irgendwas war los, doch Mika konnte dieses Gefühl einfach nicht in Worte fassen, und selbst wenn: Wer sollte das verstehen, wenn nicht einmal sie selbst es verstand?

Ein dunkler Ort, zu dem es sie hinzog, während gleichzeitig alles in ihr nach Flucht schrie. Das machte keinen Sinn. Und doch war sie sich sicher, dass es mit Ostwind zu tun haben musste. Irgendwie ...

»Arrrrgh!« Ein empörter Aufschrei brachte Mika unsanft zurück in die Gegenwart, wo Fanny durch das unordentliche Zimmer stapfte und gerade den leeren Rucksack entdeckt hatte. »Du hast noch nicht mal gepackt! Ich hab schon das Taxi bestellt, das kommt in 'ner Viertelstunde. Unser Zug geht um halb elf!« Fanny begann wahllos Kleidungsstücke, die auf dem Boden verstreut lagen, in den Rucksack zu stopfen. »Meine Tante holt uns am Bahnhof ab, dann fahren wir von dort direkt ins Quartier Latin, da mach ich das erste Interview ...«

Jetzt wäre ein guter Zeitpunkt, es ihr zu sagen, dachte Mika, aber stattdessen kam wieder nur ein lahmes, lang gezogenes »Ookaay ...« aus ihrem Mund. Verdammt! Wieso war es so schwer, Fanny das beizubringen?

Mika wollte nicht nach Paris. Sie konnte da nicht hin, auch wenn sie es ihren Eltern und Fanny in einem schwachen Moment versprochen hatte.

Ihre Mutter war von der Idee hellauf begeistert gewesen. »Du musst doch in den Ferien auch mal was anderes sehen als immer nur… Schubkarren und… Mistgabeln. Kultur! Käse! Frankreich!«

Sie war aus dem Schwärmen gar nicht mehr herausgekommen, und sogar Mikas Vater hatte irgendwas von einem »wirklich sehenswerten Teilchenbeschleuniger im Institut für angewandte Kernphysik« gemurmelt. Und – da waren sie sich alle einig – was waren schon zwei Wochen?

Also hatte Mika zugestimmt. Nicht weil sie an Teilchenbeschleunigern oder Käse interessiert gewesen wäre, sondern um Fanny einen Gefallen zu tun. Dieser bescheuerte »Jugend schreibt«-Wettbewerb um die beste Schüler-Reportage war Fannys großer Traum, und wenn Mika etwas verstehen konnte, dann, wie es sich anfühlte, einen Traum zu haben.

Doch nun half alles nichts, sie musste es Fanny sagen, denn sie hatte nicht mehr lange bis – und da klingelte es auch schon an der Tür. Mist!

Fanny zurrte gerade den Rucksack zu und riss triumphierend die Arme in die Luft, als wäre sie Siegerin im Rucksack-Schnell-Packen-Wettbewerb. »Fertig! Perfektes Timing, würde ich sagen. Das ist das Taxi!«, und bevor Mika etwas sagen konnte, war sie schon zur Tür gerannt.

Das freudige Paris-Lächeln fiel Fanny aus dem Gesicht, als sie den Besucher erkannte. Ein braunhaariger Junge mit Karohemd und einem schiefen Grinsen im Gesicht. »Was zur… Sam?« Fanny kannte ihn nur flüchtig, vor allem aus Erzählungen, und er war ihr suspekt. Andererseits war ihr jeder suspekt, der einfach so ohne Vorwarnung in Mikas Leben geschneit kam.

Sam war Stallbursche auf Kaltenbach, dem Gestüt von Mikas Großmutter. Er bestand allerdings darauf, dass es »Pferdewirt in Ausbildung« hieß. Und jetzt stand er da, vor Mikas Tür, und klapperte stolz mit einem Schlüsselbund vor Fannys Augen.

»Hey! Ich habe gehört, jemand hier hätte ein Taxi bestellt?«

»Hä?«, war alles, was Fanny dazu zu sagen hatte. Und dann noch: »Woher weißt du das?«

Sam ließ den Schlüsselbund sinken und sah sie verwirrt an. »Echt jetzt? Das war eigentlich nur so ein Spruch. Weil ich gestern…« Stolz zog er seinen Führerschein aus der Tasche, den er endlich bestanden hatte, nachdem er zu seiner Schmach zweimal durchgefallen war.

Fanny beeindruckte das wenig, denn sie hatte bereits eine üble Vorahnung. Misstrauisch kniff sie die Augen zusammen. »Okay, was willst du hier?«, fragte sie.

Doch noch bevor Sam antworten konnte, tauchte Mika hinter ihr auf. »Sam! Ist was mit Ostwind?«, fragte sie atemlos.

»Nein, keine Sorge.« Er winkte ab. »Ich wollte euch abholen. Mit dem *Auto!*«, sagte er strahlend und wedelte wieder mit den Autoschlüsseln vor Fannys Gesicht.

Diesmal schnappte sie danach und brachte die klimpernden Schlüssel in ihrer Faust zum Schweigen. »Wie – uns abholen? Ich versteh grad nur Bahnhof – und apropos Bahnhof: Da müssen wir jetzt auch hin!« Sie sah Mika nachdrücklich an.

Mika wich Fannys bohrendem Blick aus und ihre Augen

flackerten nervös zu Sam. »Also... äh... äh... ich... wir... also«, druckste sie herum.

»Jaaa?« Fanny verschränkte die Arme vor der Brust.

»Du weißt, du bist meine beste Freundin«, begann Mika nervös. »Und Freundinnen haben ja an sich immer Verständnis füreinander, zum Beispiel, wenn man Pläne aus wichtigen Gründen ändern muss. Und als ganz konkretes Beispiel: Wenn wir zuerst nach Kaltenbach und dann nach Paris fahren würden?« Sie wartete die Antwort gar nicht erst ab, damit Fanny sie nicht unterbrechen konnte, und fuhr fort: »Mein Gefühl sagt mir einfach, dass mit Ostwind was nicht stimmt, und ich weiß, es ist nur ein Gefühl und möglicherweise Quatsch, aber... aber...« Mika ging die Luft aus. »Bitte...!«, konnte sie gerade noch hervorpressen. Dann schluckte sie und schwieg.

Fanny sah Mika an und kniff wieder die Augen zusammen. Sie sah nun wirklich aus wie ein Krokodil, kurz bevor es zuschnappte und seine wehrlose Beute verschlang. Doch das hatte einen Grund: Noch zu gut konnte Fanny sich an letztes Jahr erinnern, als Mika das monatelang geplante Feriencamp sausen lassen musste und nach Kaltenbach geschickt wurde. Und an das, was dann passiert war.

Fanny atmete tief durch. Ruhig bleiben, ganz ruhig. Sich aufregen brachte jetzt nichts, denn sie wusste drei Dinge mit ziemlicher Sicherheit: Gegen das Pferd hatte sie keine Chance. Gegen Mikas »Gefühl« erst recht nicht. Und ein zweites Mal würde sie ihre beste Freundin ganz sicher nicht alleine in Urlaub fahren lassen – Paris hin oder her.

Und überhaupt viertens würde sie vor diesem – sie sah

Sam an, der versuchte, möglichst unbeteiligt auszusehen –, diesem *Pferdepfleger* ganz sicher keine Szene machen. Also blieb nur, gute Miene zum bösen Spiel zu machen und dem flehenden Ausdruck in Mikas Augen nachzugeben. »Meinetwegen. Aber nur, wenn du mir hoch und heilig versprichst, dass wir danach wirklich zwei Wochen zusammen nach Paris fahren. Ohne Pferd! Und ohne Ausreden!«

Mika fiel ihr so stürmisch um den Hals, dass Fanny das Gleichgewicht verlor und rücklings auf ihrem Rucksack landete wie ein Käfer mit Schlagseite. »Versprochen! Und ich schwöre dir, auf Kaltenbach gibt es jede Menge Material für einen tollen Artikel.«

Fanny rappelte sich möglichst würdevoll hoch. »Ich schätze, eine gute Reporterin findet immer ein spannendes Thema. Paris kann jeder. Sehen wir Kaltenbach als Herausforderung!«

Mika hätte Fanny gleich wieder umarmen können und auch Sam grinste zufrieden. »Dann kann's ja losgehen!«

Vorher gab es allerdings noch ein paar Sachen zu erledigen. Sam machte es sich auf dem Bett gemütlich, während Fanny im Flur mit ihrer Tante in Paris telefonierte und Mika ihren Rucksack packte – diesmal mit sinnvolleren Dingen als die, die Fanny wahllos aus der Unordnung gefischt hatte. Glücklicherweise waren Mikas Eltern schon gestern zu ihrer sterbenslangweiligen Studienreise nach Griechenland (»Die Wiege der Mathematik!«) aufgebrochen und konnten daher nicht sehen, wie ihre Tochter ihr notdürftig aufgeräumtes Zimmer innerhalb eines Tages in etwas verwandelt hatte, das Mikas Vater »den anschaulichsten Beweis der Chaostheorie« nannte.

Belustigt beobachtete Sam, wie Mika stirnrunzelnd eine Daunenjacke und einen Handfeger aus dem Rucksack zog.

»Ist ja gerade noch mal gut gegangen. Ich dachte kurz, sie reißt uns die Rübe runter«, sagte Sam.

»Fühl dich nicht zu sicher«, alberte Mika, die sich auf einmal seltsam leicht fühlte. Sie würde nach Kaltenbach fahren! Dann würde sie sehen, dass es Ostwind bestens ging, und dann würden auch diese merkwürdigen Träume endlich aufhören. »Und du bist wirklich sicher, dass…«

Sam verdrehte die Augen und vollendete Mikas Satz: »Es Ostwind gut geht? Ja, Mika. Ich habe ihn heute Morgen noch auf seiner Koppel besucht, da ist er gerade mit Archibald um die Wette gelaufen.« Sam runzelte nachdenklich die Stirn. »Zumindest denke ich, dass Archibald das dachte. Und Frau Holle…«

Mika stutzte. »Wer?«

»Na, die Kuh, der Archibald mit Fell und Huf verfallen ist. Tinka hat alles versucht, aber richtig glücklich war er erst, als sie Frau Holle letzte Woche mit auf die Koppel gestellt haben. Seitdem leben sie da zu dritt, und mein Großvater sagt, er habe selten so viel tierische Harmonie gesehen.«

Bei dieser Vorstellung erschien auf Mikas Gesicht zum ersten Mal an diesem Tag ein breites Lächeln und sie verbannte den dunklen Traum aus ihren Gedanken.

Mika schnürte ihren Rucksack zu, stopfte den Rest der herumliegenden Gegenstände kurzerhand in den Schrank und drückte die Tür mit ihrem ganzen Gewicht zu. »Fertig. Kann losgehen!«

In diesem Moment kam auch Fanny zurück ins Zimmer, die immer noch ein bisschen grimmig aussah. »So, jetzt habe ich den Zug umgebucht und meiner Tante hoffentlich erklärt, dass wir zwei Wochen später kommen. Könnte aber auch sein, dass ich ihr ein Rezept für Erdbeerquark durchgegeben hab. Französisch ist nicht mein bestes Fach.«

Mika und Fanny flogen durch die Kurven wie zwei Kugeln bei der Ziehung der Lottozahlen, während sie verzweifelt – und vergeblich – versuchten, sich an der abgewetzten Sitzbank des alten Geländewagens festzukrallen. Das war keine Autofahrt, das war Achterbahn pur.

Hinter dem Steuer grinste Sam stolz. »Und, irgendwelche Musikwünsche?«

Das Auto machte einen knirschenden Satz nach vorne, Fanny und Mika wurden unsanft in ihre Gurte geschleudert. »Ups, falscher Gang, Mädels, sorry!«

Mika zwang sich zu einem Lächeln, während Fanny japste: »Lebend ankommen wäre momentan mein einziger Wunsch!«

Beleidigt drehte sich Sam zu ihr um. »Hey! Ich habe einen druckfrischen Führerschein in der Tasche und…«

»Achtung!«, schrien Fanny und Mika im Chor, und Sam konnte gerade noch das Steuer herumreißen.

Der große Jeep mit dem Logo des Gestüts Kaltenbach auf der Seitentür schlingerte um Haaresbreite an einer Straßenkehrmaschine vorbei, die über die Fahrbahn zuckelte.

Die Mädchen schnappten nach Luft, aber Sam schien das nicht sonderlich zu beeindrucken. Er plauderte munter weiter, als befänden sie sich auf einer ländlichen Spazierfahrt und nicht auf einer vierspurigen Schnellstraße durch die Frankfurter Innenstadt. »Nur dass ihr vorbereitet seid, Kaltenbach ist nicht ganz auf der Höhe momentan. Jeden Monat werden es weniger Pensionspferde und auch die Reitschülerinnen bleiben weg. Seit einiger Zeit geht es langsam, aber stetig den Bach runter.«

Eine Sorgenfalte erschien auf Sams Stirn.

Mika wollte gerade etwas erwidern, als der Wagen nicht gerade sanft um eine Kurve bog und sie sich hart den Kopf an der Fensterscheibe stieß. »Was ... Autsch!«

Fanny warf ihr einen Blick zu, der eindeutig sagte: »Wir werden sterben!«, während Sam schon wieder unbekümmert auf das Gaspedal trat.

»Seit Michelle weg ist, haben wir keine vielversprechende Turnierkandidatin mehr«, fuhr er fort. »Das ist nicht gut fürs Image. Außerdem wird die Konkurrenz immer größer.«

Fanny, die sich wenigstens ein bisschen von ihrer Todesangst ablenken wollte, fragte nach: »Michelle, das ist die fiese Kuh, die Ostwind dieses Zeug auf die Füße geschmiert hat, damit er bei dem Turnier durchdreht, richtig?«

Mika nickte ernst. »Und Sam damit um ein Haar umgebracht hätte ... und Ostwind auch.«

Eine Weile saßen sie schweigend im Auto und dachten an diesen Teil des letzten Sommers, bis Sam seine gute Laune wiederfand: »Sei's drum: Jetzt sind erst mal Sommerferien, und Frau Kaltenbach freut sich sicherlich wie ein Schnitzel, dich... also euch früher als erwartet wiederzusehen. Und Ostwind erst!«

Mika lächelte und vergaß bei dieser Aussicht sogar für einen Moment, dass sie noch lange nicht angekommen waren. Bis es neben ihnen hupte und sich Fannys Finger schmerzhaft in ihren Oberschenkel bohrten.

2. Kapitel

Kies spritzte auf, als sie ein paar Stunden später mit quietschenden Reifen auf den Hof des Gestüts einbogen. Noch bevor der Geländewagen ganz zum Stehen gekommen war, riss Fanny die Tür auf und sprang aus dem Auto. Sie atmete tief durch und sah aus, als würde sie am liebsten den Boden küssen. »Nie wieder! Und wenn wir zu Fuß nach Paris gehen müssen!«

Mika blieb noch eine Weile im Auto sitzen. Sie schaute sich um und wartete dabei auf das wohlige Gefühl, das sich immer in ihr ausbreitete, sobald sie hier ankam oder auch nur an das Gestüt dachte.

Doch irgendetwas hatte sich verändert. Wie Sam gesagt hatte. Aber was?

Kaltenbach war immer noch Kaltenbach: das altehrwürdige Gutshaus, der schöne Fachwerkstall, der Hof mit seinen blühenden Rosensträuchern – die Erinnerung daran ließ Mika unwillkürlich grinsen, denn in einem dieser stacheligen Büsche war sie schon einmal recht unsanft gelandet, als sie aus ihrem Zimmer im ersten Stock geklettert war.

Ihr Blick wanderte weiter, hinüber zu den alten Kastanien, die den großzügigen Reitplatz überschatteten, auf die bunt gestreiften Hindernisse, die dort aufgebaut waren – alles wie immer.

Plötzlich wusste sie es: Wo waren die Pferde und wo waren die vielen Pferdemädchen?

Normalerweise hingen sie in Trauben am Gatter, sahen Maria Kaltenbachs Unterricht auf dem Platz zu und warteten, bis sie an der Reihe waren. Doch heute schien alles merkwürdig ruhig und verlassen.

»Mika! Endlich!« Ein Ruf durchbrach die Stille und ein kleiner Kugelblitz kam aus dem Stall auf sie zu geschossen.

Mika sprang aus dem Auto. »Tinkabell!«, rief sie und fing das kleine Mädchen lachend auf.

Tinka war die freche Tochter des Tierarztes Dr. Anders. Auch wenn sie einige Jahre jünger war als Mika, hatte sie vor einem Jahr geholfen, Michelles Intrige aufzuklären und damit einen festen Platz in Mikas Herz erobert. Genauso wie Archibald, Tinkas eigensinniges Schecken-Pony, das nun seit ziemlich genau einem Jahr mit Ostwind zusammenwohnte.

»Ich wollte gerade zu Archi. Ich hab eine neue Fellkur entwickelt, die ich ausprobieren wollte, schau!« Tinka hielt Mika stolz einen Eimer mit einem grünbraunen Gebräu unter die Nase. »Teebaumöl, Malzbier und Brennnesselsaft!«

Mika fiel bei dem Geruch fast in Ohnmacht, lächelte aber tapfer. »Toll!«, sagte sie schwach und versuchte, nicht durch die Nase zu atmen.

»Ich muss jetzt los, sonst fängt das an zu stinken«, fuhr Tinka fröhlich fort. »Wir sehen uns später!« Und schon lief sie die Einfahrt hinunter.

Sam, der in der Zwischenzeit beide Rucksäcke aus dem Kofferraum gehievt und sich umgehängt hatte, stellte sich neben Mika.

Fanny sah sich einigermaßen unbeeindruckt um. »Und was macht man hier jetzt so? Sieht ja nicht grad aus, als wär hier die Hölle los.«

Sam grinste. »Och, der Schein trügt. Wie wär's mit ein bisschen Wellness im Whirlpool?«

Und Mika fiel ernst ein: »Vielleicht vorher eine Runde auf der Indoor-Kartbahn?«

Fanny schaute die beiden mit großen Augen an: »Echt jetzt? Whirlpool mit Kartbahn?«

Sam und Mika lachten schallend los. So war es Mika letztes Jahr auch gegangen, als sie auf Kaltenbach angekommen war. Doch schon bald war es ihr herzlich egal gewesen, dass es hier weder das eine noch das andere gab. Sie hatte Ostwind kennengelernt, und durch ihre Verbindung einen Teil von sich, den sie vorher nicht gekannt hatte.

Fanny fand das allerdings weniger lustig. »Haha. Und wo ist dann meine Story, hm? *Live aus dem Misthaufen?* Oder schreibe ich über die *Unerträgliche Langeweile des Landlebens*?«

Sam warf sich in Pose wie ein Männermodel. »Wie wäre es denn mit einem Artikel über den attraktiven Stallmeister?«

Fanny verdrehte genervt die Augen. »*Du* reichst höchstens für 'nen Scherzartikel!«

Bevor Sam etwas erwidern konnte, wurden die drei von Stimmen abgelenkt. Sie drehten die Köpfe und sahen, wie

Mikas Großmutter mit zwei geschniegelten Anzugträgern und einer adretten Asiatin auf die Stallungen zuging.

Maria Kaltenbach wirkte noch ernster als sonst, trug ein jagdgrünes Twinset und hatte ihre grauen Haare zu einem strengen Knoten zusammengebunden. Sie stütze sich beim Gehen auf einen Stock, dessen Klicken mit ihrer Stimme zu ihnen hinüberwehte: »Und jetzt kommen wir zu den geräumigen Boxen, für die Sie verschiedene Arten von Einstreu auswählen können…«

Maria war so vertieft, dass sie weder Mika noch Fanny wahrnahm.

»Und wer von denen ist jetzt deine berühmte Großmutter?«, flüsterte Fanny.

Sam grinste. »Na, rate mal. Die Asiatin oder der Typ mit dem Schnurrbart?«

Mika hatte die beiden gar nicht gehört, sondern schaute abwesend ihrer Großmutter nach. Sie hatte kein gutes Gefühl und wandte sich an Sam: »Die sehen aber nicht aus, als wollten sie hier Reiterferien machen?«

Sam zuckte mit den Schultern. »Vielleicht Pferdebesitzer, die hier trainieren lassen wollen?«

Mika war nicht überzeugt. Sie hatte das angeekelte Gesicht des Mannes gesehen, als er mit seinen glänzenden Lederschuhen ein paar Pferdeäpfeln ausgewichen war. Wie ein Pferdebesitzer hatte der nun wirklich nicht gewirkt.

Fanny verschränkte ungeduldig die Arme vor der Brust. »Können wir dann mal einchecken?«

Sam zwinkerte ihr zu: »Gerne, gerne. Wenn die Damen mir bitte folgen wollen?«

Mit ihren Rucksäcken bepackt wie ein Lastenesel ging er in Richtung Gutshaus. Fanny folgte ihm, doch Mika blieb stehen. »Geht schon mal vor, okay?«

Fanny schaute sie fragend an, doch Sam grinste verständnisvoll. »Keine Sorge, ich zeige der Frau Reporterin das Zimmer und dann geb ich ihr die große Führung. Gehen Sie nur unbesorgt zu Ihrem Pferd, Mylady.«

Fanny schnitt hinter Sams Rücken eine Grimasse in Mikas Richtung und sagte dann mit zuckersüßer Stimme: »O ja, bitte! Ich kann es kaum erwarten.«

Nun musste auch Mika lachen. Sam und Fanny – das konnte ja heiter werden!

»Bis zum Abendessen!«, rief sie den beiden zu und machte sich endlich auf den Weg.

Mika rannte über den schmalen Feldweg bis zu den blühenden Wiesen und Sonnenblumenfeldern, so schnell, dass die umhertanzenden Schmetterlinge kurz ins Schleudern gerieten, als sie an ihnen vorüberjagte. An der kleinen Kreuzung bog sie scharf ab und huschte geduckt unter Herrn Kaans Wohnwagenfenster vorbei.

Sie würde ihren Meister später besuchen… erst einmal musste sie zu Ostwind. Zu ihrem Pferd. Ihr Herz schlug schneller. Was, wenn er nicht da war? Sie kämpfte die Erinnerung an den Albtraum nieder, die ausgerechnet jetzt wieder in ihr hochstieg. Gleich würde sie es wissen. Sie sauste um die Ecke und… Mikas Herz machte einen Satz.

Auf der saftigen Weide hinter Herrn Kaans Wohnwagen graste der schwarze Hengst im Schatten seines Lieblingsbaums, einer gewaltigen Eiche. Er schüttelte ein paar lästige Fliegen ab, wollte gerade wieder den Kopf zurück ins Gras tauchen, als er aufmerksam die Ohren spitzte. Mit wachen Augen sah er sich um, bis er Mika entdeckt hatte. Er stieß ein lautes Wiehern aus und galoppierte los.

Frau Holle unterbrach erschrocken ihr gemütliches Wiederkäuen, als er mit erhobenem Schweif an ihr vorbeidonnerte. Ostwind war schon fast am Zaun angekommen, als Mika sich mühelos über das Gatter schwang.

Der Hengst begrüßte Mika freudig, die ihm um den Hals fiel, ihr Gesicht in seiner Mähne vergrub, den warmen Pferdegeruch einatmete und ihn nicht mehr loslassen wollte.

Am liebsten würde Mika ihr Leben lang hierbleiben, auf Kaltenbach, bei Ostwind. Doch das erlaubten ihre Eltern natürlich nicht. Schule, Zukunft, vernünftig sein. Die immer gleichen Worte ihrer Mutter klangen ihr in den Ohren.

»Ich hab dich so vermisst!« Ostwind antwortete mit einem sanften Schnauben. Mika kraulte den Rappen hinter den Ohren, lehnte ihre Stirn an seine. Das war ihr Pferd. Sie waren füreinander bestimmt. Das klang selbst in Mikas Ohren irgendwie komisch, aber das Gefühl war ganz klar, ganz einfach. Und gleichzeitig unendlich schwierig zu erklären.

Mika konnte es selbst kaum verstehen. Bis vor einem Jahr waren Pferde etwas gewesen, das sie nur aus dem Fernsehen kannte. Ihre Mutter war auf dem Gestüt großgeworden, doch Elisabeth hatte das Leben hier immer gehasst. Ihr Traum war es gewesen, eine große Physikerin zu werden – Mika schüttelte es bei der bloßen Vorstellung. Und so hatte sie ihre Tochter von dem Ort ferngehalten, an dem sie selbst so unglücklich gewesen war.

Doch als Mika Ostwind vor einem Jahr begegnet war, war es so, als wäre sie endlich angekommen. Sie hatte es gefühlt und auf ihr Gefühl konnte sie sich immer verlassen. Zumindest bisher. Denn auch jetzt, wo hier bei Ostwind doch alles gut schien, spürte Mika immer noch diese Unruhe.

Sie strich Ostwind über das glänzende Fell. »Du bist okay, oder? Ich hab mir solche Sor...«, weiter kam sie nicht, denn ihre Finger hatten plötzlich eine Unebenheit ertastet und Ostwind zuckte zurück. Mika sah entgeistert ihre Finger an. Das war doch... getrocknetes Blut?! Schnell beugte sie sich näher und tastete die Stelle behutsam ab.

Ostwind ließ sie gewähren, obwohl es ihm sichtlich unangenehm war. Mika war die Einzige, die er so nah an sich heranließ. Und nun sah sie es auch: an Ostwinds Brust und Beinen bis hinunter zu den Fesseln waren etliche Striemen und Kratzer. Die meisten waren oberflächlich und bereits fast verheilt, aber einige mussten tiefer ins Fleisch geschnitten und geblutet haben, so wie der Kratzer, den Mika gerade berührt hatte.

»Woher hast du das?«, fragte sie besorgt. Ostwind stand ganz still da und sah sie an. »Was hast du gemacht, hm?«

Offenbar hatte sie mit diesem komischen Gefühl doch recht gehabt. Erst der Traum und nun das. Wenn sie nur wüsste, was...

»Weißt du, Archibald ist halt ein Alphatier«, ertönte plötzlich eine helle Stimme.

Mika drehte sich um. Hinter ihr stand Tinka und strahlte wie eine Lichterkette. Sie hielt Archibald am Halfter, der darüber gar nicht glücklich schien und sich widerborstig gegen seine Reiterin stemmte. »Ich hab die auch schon gesehen.« Tinka deutete auf Ostwinds Beine. »Die hat er schon seit ein paar Tagen. Ich denke, das sind Spuren ihrer Rangkämpfe«, fügte sie nicht ohne eine Spur Stolz hinzu.

Zweifelnd betrachtete Mika den kleinen, freundlichen Ponywallach.

»Glaubst du wirklich, dass das Archibald war?«, fragte sie vorsichtig. »Selbst wenn er sich für den Herdenchef hier halten sollte« – was Mika dem selbstbewussten Schecken durchaus zutraute –, »hätte er dann nicht auch irgendwelche Wunden?«

»Hm... stimmt auch wieder. Hat er aber nicht.« Tinka kniff nachdenklich die Augen zusammen. Mit geschultem Blick musterte sie Ostwind. »Vielleicht wurde er von Dasselfliegen befallen. Die legen ihre Eier ins Fell, und die Pferde beißen und scheuern sich dann selber wund, das könnte schon so aussehen...«, doch Tinka brachte ihren Satz nicht mehr zu Ende, denn Archibald hatte in der Zwischenzeit den Knoten seines Führstricks aufgeknabbert und galoppierte zurück zu Frau Holle.

»Archiiieee!« Tinka drehte auf dem Absatz um. »Oder es ist die Liebe«, rief sie im Laufen, »dann drehen echt alle durch.«

Lächelnd sah Mika ihr nach. Dann wandte sie sich wieder Ostwind zu, der friedlich grasend neben ihr stand.

»Hey«, sagte sie sanft, »ich krieg schon raus, was los ist. Und ich weiß auch schon, wen ich fragen kann.«

»Ich habe keine Ahnung.« Herr Kaan schüttelte langsam den Kopf und sah Mika nachdenklich an, die neben ihm auf der hölzernen Treppe saß, die zu seinem Zuhause hinaufführte.

Der alte Mann hatte, zumindest in Mikas Augen, die coolste Wohnung der Welt. Er wohnte in einem alten Bauwagen direkt neben Ostwinds Koppel und hatte hier eigenhändig alles umgebaut. Herr Kaan war Sams Großvater und hatte früher auf Kaltenbach als Trainer gearbeitet, bis Mikas Großmutter ihn nach einem Streit gefeuert hatte.

Seitdem lebte er hier, mitten in der Natur, schnitzte Holzpferde und genoss jede Minute. Bei ihm hatte Mika im letzten Jahr alles gelernt, was sie über Pferde wusste. Er hatte ihr das Reiten beigebracht, auf seine Art, ganz ohne Zwang.

Herr Kaan war außerdem der Erste, der Mikas Gefühl vertraut hatte. Er war ein weiser Lehrer, ihr Meister, wie sie ihn liebevoll nannte. Ob er ihr auch die seltsamen Träume erklären könnte?

»Stimmt was nicht?«, fragte Herr Kaan, als habe er ihre Gedanken erraten, und reichte ihr eine Tasse von dem scheußlichen Tee, den er so gerne trank.

Mika nahm gedankenverloren einen Schluck und musste sich zwingen, ihn nicht in hohem Bogen wieder auszuspucken. Igitt! Mit einem höflichen Lächeln würgte sie den bitteren Tee hinunter. »Also, ich habe einen Traum, der immer wiederkommt. Von einem schrecklichen Ort, zu dem ich hinwill... und gleichzeitig weg. Und da ist Stacheldraht, der mich festhält, und jetzt hat er... Ostwind... er hat diese Wunden...«, beendete sie den Satz mit einem hilflosen Schulterzucken. Sie wusste ja selbst wie bescheuert sich das alles anhören musste.

»Hmmm.« Herr Kaan war ein Meister der langen Pausen und hielt wahrscheinlich den Weltrekord im Schweigen-am-Stück.

Nach einer gefühlten Ewigkeit sagte er schließlich: »Hast du seine Ohren bemerkt?«

Mika stutzte. »Ostwinds... Ohren?«

»Ja. Pferde sehen auch mit den Ohren. Die Ohren sind da, wo ihre Aufmerksamkeit ist. Immer wenn ich in den letzten Tagen bei ihm war, war er immer nur mit einem Ohr da. Das andere lauschte... irgendwo da hin.« Er machte eine Kopfbewegung in Richtung des Waldes. »In die Ferne. Ein bisschen so, als wäre er nicht ganz hier.«

Mika nickte heftig. »Ja! Genauso fühlt es sich an!«, pflichtete sie Herrn Kaan bei. »Er ist unruhig. Irgendwie... besorgt. Er hat irgendwas! Aber was? Und wieso weiß ich nicht, was er hat?« Unglücklich ließ Mika den Kopf hängen.

Herr Kaan antwortete ernst: »Mika. Du hast eine tiefe Verbindung zu diesem Pferd, aber mit Pferden ist es ähnlich wie mit Menschen. Selbst bei der innigsten Beziehung verstehen wir den anderen nicht vollkommen. Viel wichtiger ist, dass wir akzeptieren, wenn wir etwas nicht verstehen. Und lernen, Geduld zu haben, bis wir es verstehen.«

Mika versuchte, Herrn Kaans Rat zu begreifen.

»Er wird einen Weg finden, es dir mitzuteilen. Vertrau ihm, hab Geduld«, sagte der alte Mann und stand auf. »Und mach dir keine Sorgen wegen der Kratzer. Ich werde ihn zur Sicherheit mit Arnika-Tinktur behandeln, aber die Stellen verheilen bereits. Alles halb so schlimm.«

Geduld war nicht gerade Mikas Stärke, aber sie würde ihm vertrauen. Wie immer.

3. Kapitel

Die Sonne stand schon schräg und tauchte den Hof des Gestüts in dunkeloranges Licht, als Sam und Fanny aus der großen Scheune kamen.

Müde trottete die Jungreporterin hinter dem redseligen Stallburschen her.

»Und nun kommen wir zum absoluten Höhepunkt«, pries Sam die nächste verschlossene Tür an.

Fanny zwang höflich ihre Augen auf, die schon ziemlich auf Halbmast standen. »Diesmal wirklich?«, fragte sie ohne echte Hoffnung, als Sam mit »TA-DA!« schwungvoll die Tür öffnete. »Das Heiligtum eines jeden angehenden Pferdewirts: die Futterkammer!«

Fanny verdrehte die Augen, während Sam begann, ihr alles haargenau zu erklären. »Hier haben wir die Futtertonnen: Spezialkraftfutter, haferfreies Müsli für die Allergiker, Müsli light für die Übergewichtigen, Hochleistungs-Müsli für die Leistungspferde, Fohlen-Müsli für die...«

»Fohlen?«, ergänzte Fanny eine Spur zu bissig, doch Sam nickte nur begeistert. »Genau! Sehr gut!«

»Da hab ich ja gleich das nächste Hammer-Reportage-Thema: *Die außergewöhnliche Vielfalt des Pferdefutters im August.*«

Sam sah Fanny an. »Klingt spannend«, sagte er eifrig und meinte das offensichtlich völlig ernst, sodass Fanny fast schon wieder lachen musste.

Sam fuhr ungerührt fort: »Und hier ist der Medikamentenschrank, in dem wir –« Er hielt inne und musterte den abgewetzten Metallschrank, dessen Tür halb offen stand. »Komisch, der sollte eigentlich abgesperrt sein. Wo ist denn das Schloss?«

Fanny erwachte aus ihrer Teilnahmslosigkeit und richtete ihre Augen auf den Schrank. »Ist es das?« Sie zeigte auf den Boden, wo ein Vorhängeschloss lag.

Sam hob es auf und beide starrten es an. Der silberne Metallbügel war eindeutig aufgesägt worden.

»Das ist doch... Vielleicht hat jemand dringend was gebraucht und den Schlüssel nicht gefunden?«, murmelte er, aber seine Augenbrauen zogen sich misstrauisch zusammen. »Ich hätte auch schwören können, dass in letzter Zeit Futtervorräte weggekommen sind.«

Fannys blaue Augen blitzten mit einem Mal hellwach. Jetzt wurde es endlich interessant! Aufgebrochene Schränke, gestohlenes Futter – damit ließ sich schon eher etwas anfangen...

Als sie aus dem Stall traten, kam auch Mika gerade durch die Toreinfahrt gelaufen.

Sam grinste und sagte zu Fanny: »Daran kannst du dich gleich gewöhnen. Mika sieht man hier eigentlich nur zum Essen.«

Mika grinste ebenfalls. »Wieso, habt ihr mich schon vermisst?«

»Nicht die Spur«, gab Fanny zurück, »es war so aufregend! So viele spannende Maschinen und Heuballen und Pferdefuttersorten.« Sie imitierte ein Gähnen. »Aber es gibt einen Dieb! Das könnte tatsächlich interessant werden!«, fügte sie deutlich begeisterter hinzu.

Mika sah Sam fragend an. »Echt jetzt?«

Doch Sam zuckte die Schultern. »Das ist wohl eher Fannys lebhafter Fantasie entsprungen. Es fehlen zwar immer wieder ein paar Sachen hier und da, und das Schloss am Medikamentenschrank ist kaputt... aber dafür kann es auch eine ganz logische Erklärung geben. Ich frage am besten gleich mal Dr. Anders. Wir sehen uns morgen!« Er winkte den beiden Mädchen zu und ging zielstrebig über den Hof davon.

Fanny wandte sich an Mika: »Und wie geht es deinem Ostwind? Bist du jetzt beruhigt?«

»Es geht ihm gut. Er hat zwar ein paar Kratzer, aber... es geht ihm gut. Denke ich«, fügte sie zögernd hinzu, aber beruhigt war sie ganz und gar nicht.

Ostwind verhielt sich merkwürdig, Kaltenbach hatte Probleme und jetzt auch noch diese Geschichte mit einem rätselhaften Dieb? Nein, wirklich beruhigend war das alles nicht.

»Mika?« Das war die klare Stimme ihrer Großmutter, die über den Hof schallte. »Kommt doch rein und lasst euch endlich begrüßen! Es gibt auch gleich Essen!«

»Wir kommen!«, rief Mika zurück und wandte sich mit letzten Instruktionen an Fanny: »Also, das Essen ist gewöhnungsbedürftig, und meine Großmutter...«

»… ist auch gewöhnungsbedürftig, ich weiß«, vollendete Fanny ihren Satz. »Macht aber nichts. Hauptsache, es wird interessant!« Fanny grinste komplizenhaft, und plötzlich war Mika sehr froh, ihre Freundin hierzuhaben.

»Es ist nicht mehr alles, wie es war, aber es ist alles in bester Ordnung«, versicherte Maria, als sie später zu dritt beim Abendessen saßen. »Willst du noch einen Knödel?«

Mika schüttelte heftig den Kopf, und auch Fanny beeilte sich, dankend abzulehnen.

Ihre Großmutter sah schlecht aus, befand Mika, als sie die ältere Dame näher betrachtete. Und das lag nicht an den ungenießbaren Knödeln. Ihr Rücken war zwar noch immer kerzengerade und ihre Kleidung makellos, aber sie hatte tiefe Sorgenfalten auf der Stirn und sah viel älter aus als bei ihrem letzten Besuch. Und auch ihre ausdrückliche Versicherung, dass alles in allerbester Ordnung sei, war eine Spur zu angestrengt, als dass Mika sie glauben konnte.

Fanny kaute nachdenklich auf den gummiartigen Knödeln herum, sah sich aber sonst begeistert im Speisezimmer um. Ein glänzender Kronleuchter hing über der langen, dunklen Tafel, dem Silberbesteck und dem Porzellan, das in zartem Blassblau gehalten und mit Pferdemotiven verziert war. »Das ist hier mindestens so cool wie im Buckingham Palace!«

»Ach? Warst du schon mal da?«, fragte Maria mit echtem Interesse.

»Äh, nein, leider«, gab Fanny zurück und beugte sich schnell über ihren Teller.

Mika lächelte. Maria Kaltenbach hatte einfach nicht viel Sinn für Humor.

»Also, ich war vorhin bei Ostwind, und er hat da so ein paar seltsame Kratzer...«, begann Mika vorsichtig. Immer noch tat sie sich schwer, frei mit ihrer Großmutter über den Hengst zu sprechen. Die hatte ihn zwar mit großen Hoffnungen gekauft, aber dann war es zu einem schlimmen Unfall gekommen. Ostwind hatte Maria Kaltenbach so schwer verletzt, dass sie das Reiten aufgeben musste. Und daran trug in ihren Augen allein Ostwind die Schuld.

Mika konnte sich nur schwer vorstellen, wie schlimm das für ihre Großmutter gewesen sein musste. Aber das war Vergangenheit.

Ostwind war nicht mehr das wilde, gefährliche Pferd, das man in der hintersten Box des Stalls wegsperren musste. Auch Maria hatte das inzwischen eingesehen. Und vielleicht hatte sie ja eine Idee, was mit ihm los war. Schließlich kannte Mika neben Herrn Kaan niemanden, der sich so gut mit Pferden auskannte.

»Es wundert mich nicht im Geringsten, dass er Kratzer hat. Er ist ja auch bei Wind und Wetter draußen!« Die plötzliche Schärfe in Maria Kaltenbachs Stimme ließ sogar Fanny von dem zähen Bratenstück aufblicken, an dem sie gerade hochkonzentriert und erfolglos herumsäbelte.

»Wenn ich den wenigen Interessenten sage, dass mein einziges Springpferd mit echtem Potenzial und Weltklasse-Abstammung zusammen mit einem verrückten Pony und einem Rindvieh den ganzen Tag auf einer verwilderten Koppel herumspringt, dann schauen die mich an, als hätte ich nicht mehr alle Tassen im Schrank. Und das zu Recht!«, vollendete sie lautstark ihren Satz.

Mika schluckte schwer – und das lag nicht nur an dem unverdaulichen Knödel auf ihrem Teller. Sie war geschockt. Nie im Leben hätte sie gedacht, dass Ostwind etwas mit Kaltenbachs schwieriger Lage zu tun haben könnte.

»Aber Oma«, begann sie vorsichtig und merkte, dass es ihr noch immer komisch vorkam, die strenge alte Dame so zu nennen. »Wenn es Kaltenbach nicht gut geht…«

Doch ihre Großmutter unterbrach sie unwirsch. »Kaltenbach geht es wunderbar! Das Gestüt ist seit über hundert Jahren im Besitz unserer Familie und das wird ja nun auch so bleiben.« Bei diesen Worten lächelte sie Mika an. »Es ist alles in bester Ordnung, wirklich. Wo bleibt denn das Dessert?«

»Dessert?« Fannys Augen weiteten sich vor Schreck. »Also, Frau Kaltenbach, ich kriege wirklich keinen Bissen mehr runter, das war so lecker…«

»Papperlapapp, du hast doch kaum was gegessen. Und Marianne macht einen köstlichen Vanillepudding.«

Fanny sah Mika Hilfe suchend an, die mit entschuldigender Miene unmerklich den Kopf schüttelte.

»Ich hätte echt fast losgeprustet, als du den Pudding in die Blumenvase gekippt hast«, lachte Fanny, als die beiden wenig später ihr altmodisches Zimmer betraten.

Mika kicherte. »Die armen Blumen, wenn die nicht aus Plastik wären, würden sie diesen Pudding sicher nicht überleben.«

Bäuchlings ließ sie sich auf das Himmelbett fallen, das quietschend protestierte. Sehnsüchtig schaute sie aus dem offenen Fenster, durch das die laue Sommernacht zu ihnen hineinwehte.

Mika lauschte, durch die Grillen und den Wind, zu der nächtlichen Koppel hin. Was Ostwind jetzt wohl gerade machte? Er war wach, das glaubte sie zu spüren, und wie sie schaute er in die Dunkelheit. Nur wohin?

Während Mika so vor sich hin träumte, packte Fanny ihren Laptop aus, rückte ihn auf dem antiken Schreibtisch zurecht, ließ sich davor nieder und knackte mit den Fingergelenken. Sie würde eine berühmte Reporterin werden! So wie Edna Buchanan, Helen Thomas und Antonia Rados. Dass sie noch in die Schule ging und zwischen ihr und der großen Karriere noch einige Jahre lagen, war für sie Nebensache. Außerdem hatte sie momentan ein viel ernsteres Problem.

»Ich habe eine Schreibblockade!«, jammerte Fanny.

»Du hast dich doch eben erst hingesetzt«, brummte Mika vom Bett her. »Und außerdem sind wir gerade angekommen.«

»Nix da, ich roste ein. Mir fehlt hier einfach die Inspiration!« Fanny klopfte gegen ihren Kopf. »Und außerdem muss der Artikel in zwei Wochen fertig sein. 1500 Wörter über *einen besonderen Ort* oder *besondere Menschen* oder *ein besonderes Ereignis*. Am besten also über einen besonderen Menschen, dem an einem besonderen Ort ein besonderes Ereignis widerfährt. *Das* dürfte hier ziemlich schwierig werden. Was meinst du?« Erwartungsvoll drehte sie sich zu Mika um... aber die war schon eingeschlafen. Tief und fest und in voller Montur.

Seufzend stand Fanny auf, zog ihrer Freundin die heiß geliebten roten Turnschuhe aus und deckte sie sanft zu. »Träum schön«, sagte sie liebevoll, bevor sie selbst gähnen musste. »Neuer Tag, neues Glück«, murmelte sie und schaltete den Laptop aus. Wehmütig sah sie zu, wie ihr Eiffelturm-Bildschirmhintergrund erlosch, knipste die Lampe aus und kroch in das knarzende Himmelbett.

4. Kapitel

In atemberaubender Geschwindigkeit rannte sie durch den dunklen Wald. Es roch nach Moos und Tannennadeln. Kühler Wind sauste in ihren Ohren, schwarze Äste peitschten links und rechts schmerzhaft gegen ihren Körper.

Sie schmeckte Blut, doch sie raste weiter. Sie konnte den Waldrand schon sehen, das fahle Mondlicht, das durch die hohen Bäume schien. Gleich war sie da!

Jetzt gab es nur noch ein Hindernis zu überwinden, und diesmal würde sie es schaffen, diesmal würde sie nichts aufhalten. Es kam immer näher.

Sie spürte, wie Panik ihr eiskalt den Nacken hochkroch – aber die trieb sie nur weiter, immer schneller. Sie schoss aus dem Wald, nahm all ihre Kraft zusammen und sprang.

In ihrem Bett in Kaltenbach riss Mika die Augen auf. Ihr Herz hämmerte in ihrem Brustkorb, als wäre es ein flatternder Vogel in einem zu kleinen Käfig. Sie setzte sich auf, wischte eine feuchte rote Strähne aus dem Gesicht und schwang die Beine aus dem Bett. Schon wieder!

Dabei war sie so sicher gewesen, dass es mit diesen Träumen vorbei sein würde, wenn sie wieder in Kaltenbach und bei Ostwind war. Ostwind!

Sie musste zu ihm und zwar gleich. Fanny neben ihr schlief tief und fest und brummte im Schlaf wie ein zufriedener Bär.

Leise stand Mika auf und schlich aus dem Zimmer. Auf Zehenspitzen tappte sie aus der Küche des Gutshauses, wo sie sich einige Äpfel in ihre Umhängetasche packte.

Ein übergewichtiger Mond tauchte den Hof des schlafenden Gestüts in fahles Licht. Gerade wollte sie durch das große Tor verschwinden, als sie ein klirrendes Geräusch innehalten ließ.

Kam das aus dem Stall? War Sam etwa noch wach?

»Hallo?«, rief sie leise und lauschte dann angestrengt in die Dunkelheit.

Das Geräusch war verstummt. »Ist da jemand?«, fragte sie noch einmal, diesmal etwas lauter, doch es kam keine Antwort.

Sicher war es nur ein Pferd gewesen, das sich in der Box gedreht hatte.

Sie wollte gerade weitergehen, als sie die Schritte hörte. Das war kein Pferd, das war ein Mensch. Ein Mensch, der versuchte, besonders leise aufzutreten.

Mika holte tief Luft. Das musste der Dieb sein!

Eigentlich hätte sie Angst haben müssen, aber sie spürte nur, wie kochende Wut in ihr hochstieg. Kaltenbach ging es schlecht! Was fiel diesem unverschämten Typen ein, sie zu beklauen? Der würde sie gleich kennenlernen!

Sie schnappte sich eine dreizackige Heugabel, die an der Wand lehnte, und näherte sich vorsichtig der Futterkammer. Keine Frage, da war jemand drin.

Jetzt bemerkte Mika auch den Schein einer Taschenlampe. Mit einem Satz sprang sie vor die Tür und rief mit ihrer tiefsten Stimme: »HE DA! DU... äh... SIE SIND UMSTELLT! KOMMEN SIE MIT ERHOBENEN HÄNDEN...«, doch weiter kam sie nicht.

Die Tür der Futterkammer flog auf und stieß so hart gegen ihre Schulter, dass Mika rücklings in eine Schubkarre stolperte. Ein dunkler Schatten schoss an ihr vorbei.

»Hey!«, brüllte sie ihm wütend hinterher. Fluchend strampelte sie sich aus den Pferdeäpfeln, mit denen die Schubkarre beladen war, hoch und rannte ihm nach. Der würde ihr nicht entkommen!

Sie konnte die dunkle Gestalt genau vor sich sehen, wie sie aus dem Tor schoss und über den Schotterweg davonjagte.

»BLEIB! SOFORT! STEHEN!«, brüllte sie und feuerte mit den Äpfeln aus ihrer Tasche nach ihm.

Plonk, plonk, platsch! Ein Apfel hatte offenbar sein Ziel getroffen, und Mika war schon siegessicher – als plötzlich vor ihr in der Dunkelheit ein Motor aufheulte, keuchte und dann losknatterte.

Gegen ein Moped, selbst ein so altersschwaches, hatte sie keine Chance. Japsend und mit üblem Seitenstechen blieb sie stehen, schnappte nach Luft und hörte, wie sich das Knattern in der Dunkelheit verlor.

Mika war immer noch außer Atem, als sie bei Herrn Kaan ankam. Die vielen Schnitzereien, die in einem großen Regal vor seiner Veranda standen, warfen im Mondlicht unheimliche Schatten. Schnell schlich Mika an dem dunklen Bauwagen vorbei, kletterte über das Gatter der Koppel und wartete darauf, Ostwinds vertrautes Schnauben zu hören. Doch sie hörte nichts.

Eine Wolke war vor den Mond gezogen und in der Dunkelheit konnte Mika den Rappen nirgendwo entdecken. Sie pfiff leise.

Und endlich antwortete ihr tatsächlich ein Schnauben, aber es war viel tiefer und klang eher wie ein schläfriges… »Muuuhhhh!«

Das war sicher nicht ihr Pferd. »Ostwind?«, rief Mika leise, doch nichts rührte sich.

Sie rief noch einmal, lauter, und schon mischte sich Angst in ihre Stimme. »Ostwind!«

Er war nicht da! Sie lief über die nächtliche Koppel und stolperte fast über Archibald, der friedlich an seine Kuh gekuschelt schlief.

»Ostwind!« Mika tastete sich Meter für Meter vor, aber sie war sich sicher, wenn er hier wäre, würde er jetzt kommen.

Sie hatte die große Eiche fast erreicht, als sie das Trommeln der Hufe hinter sich hörte. Sie drehte sich um und sah, wie das schwarze Pferd sich aus dem Schatten löste und mit gesenktem Kopf auf sie zugetrabt kam.

Erleichtert atmete Mika aus. »Mann, da bist du ja! Hast du so tief geschlafen?« Sie klopfte ihm auf den Hals und stellte verwundert fest, dass er schweißnass war und zitterte. »Hey, hey, ganz ruhig. Was ist denn? Hast du auch schlecht geträumt?«

Sie kramte einen der verbliebenen Äpfel aus ihrer Tasche

und hielt ihn Ostwind hin, doch der schnupperte nur fahrig darüber hinweg.

»Wer nicht will, der hat schon.« Mika biss herzhaft in den Apfel und sank müde ins sommerwarme Gras. Der Hengst wurde nun zusehends ruhiger, und schließlich knickten seine Vorderbeine ein und er legte sich vorsichtig neben Mika auf den Boden. »Siehst du, du bist auch müde. Jetzt schlafen wir erst mal, und morgen ... morgen lösen wir alle Probleme.«

Sie gähnte und kuschelte sich an Ostwind, der nun ruhiger atmete und aufgehört hatte zu zittern.

Das Letzte, was Mika sah, bevor ihr die Augen zufielen, waren Ostwinds aufmerksame Pferdeohren. Eines war auf sie gerichtet, das andere lauschte nach einem Ort, der irgendwo jenseits der schwarzen Nacht lag. Aber die Gewissheit, dass der andere jetzt da war, ließ beide in einen tiefen Schlaf sinken.

Srrrrr. Srrrrr.

Mika schlug im Halbschlaf nach der nervtötenden Fliege, die sich offenbar in den Kopf gesetzt hatte, in ihr Ohr zu kriechen.

Srrrrr.

Mika öffnete ein Auge. Und stellte fest, dass sie mit der Wange auf ihrem Handy lag, das ins Gras gerutscht war und dort energisch vibrierte.

Die Sonne war schon aufgegangen, aber Morgendunst hing noch über dem Gras und hüllte die Koppel in ein weiches Licht. Ostwind stand bereits grasend neben ihr.

Mika setzte sich auf und der Hengst knuffte sie mit dem Kopf spielerisch in die Seite. Sie knuffte zurück. »Selber guten Morgen. Hättest mich aber ruhig mal wecken können.«

Sie rieb sich die Augen und tastete über ihr Gesicht, auf dem sich die Grashalme abgedrückt und ein Muster hinterlassen hatten. »Oder zumindest Frühstück machen.«

Als Antwort riss Ostwind neben ihr ein riesiges Grasbüschel aus und kaute genüsslich darauf herum. Mika lächelte glücklich. Srrrr!, brachte sich das Handy wieder in Erinnerung. Mika fischte es aus dem hohen Gras.

Vier Nachrichten von Fanny. WO BIN ICH?, lautete die erste SMS. UND WO BIST DU?, die zweite. BIST DU AUF DEM KLO? BIST DU SPAZIEREN? Und die letzte: MIKA! BIST DU ENTFÜHRT WORDEN?

Mika stand auf. »Fanny hat einfach zu viel Fantasie… ich muss dann wohl.« Sie rubbelte zum Abschied Ostwinds Stirn, packte ihre Tasche und lief durch das taufeuchte Gras davon. »Bis später!«

Bis sie auf dem Hof ankam, war der Himmel schon blitzblank geputzt – der Frühnebel hatte sich verzogen und war strahlendem Blau gewichen.

Alles andere als strahlend war allerdings Fanny, die auf den Stufen des Gutshauses in der Sonne saß und sie schon erwartete.

Mika trat ihr mit einem ausgeschlafenen Lächeln entgegen. »He! Also ich hab geschlafen wie drei Murmeltiere im Koma«, sagte Mika, »und wie geht's dir so?«

Fanny blitzte sie böse an. »Könnte nicht besser sein. Ich bin davon aufgewacht, dass zwei Typen versucht haben, mein Bett aus dem Zimmer zu tragen. Da war ich mir zwar sicher, dass du gekidnappt worden bist, habe aber sicherheitshalber deiner Oma eine mäßig glaubwürdige Geschichte von deiner neuen Leidenschaft für Frühsport erzählt. Darauf kam ich dann in den Genuss, alleine mit der humorvollen und vor allem erfrischend gesprächigen Dame zu frühstücken. Es gab ›köstliche‹ Croissants, die härter waren als jede kugelsichere Weste, und eiskalten Malzkaffee, den ich jederzeit gegen Tinkas Fellkur getauscht hätte.« Fanny lächelte zuckersüß. »Aber geschlafen habe ich tatsächlich traumhaft. Danke der Nachfrage.«

Mika musste lachen. Sie liebte den Humor ihrer Freundin. »Wer wollte denn unser Bett raustragen?«, hakte sie nach.

»Irgendwelche Leute, die deine Großmutter bestellt hatte, keine Ahnung«, erwiderte Fanny vage. »Aber die hatten sich wohl im Zimmer geirrt. Und du hast ohne Witz in der Wiese geschlafen?«, fragte sie ungläubig und deutete auf den bereits verblassenden Grasabdruck auf Mikas Wange.

Mika nickte »Ja. Ich bin nachts aufgewacht und wollte nach Ostwind schauen. Und dabei habe ich...«

»Morgen, Mädels.« Sam ging gerade mit einem Sattel beladen an den beiden vorbei und tippte grüßend gegen einen Strohhut, der lässig auf seinem Hinterkopf saß.

»Sam, komm mal her.« Mika winkte ihn heran. »Ich muss euch was erzählen.«

»Echt jetzt?« Fanny sah sie mit einer Mischung aus Neugier, Schauder und Tatendrang an.

Sam ballte grimmig eine Hand zur Faust. »Ein Dieb! Mann, ich wusste es! Das erklärt...«

In diesem Moment ging über ihnen die Tür des Gutshauses auf und Maria Kaltenbach trat aus dem Haus. Sam verstummte abrupt. Er sah Mika und Fanny eindringlich an und legte einen Finger auf die Lippen. Kein Wort zu Frau Kaltenbach!

Mikas Großmutter lächelte wohlwollend auf die drei herab. »Guten Morgen allerseits. Mika, schön zu hören, dass du dich körperlich ertüchtigst. Das ist wichtig für eine gute Haltung. Wie war denn der Dauerlauf?«

Mika grinste und hielt den Daumen hoch. »Super. Ich bin quasi durch und durch ertüchtigt!« Dann sagte sie, eine Spur zu laut: »Also, Sam, dann zeig uns doch mal... äh... diese Sache, die du uns zeigen wolltest?«

Sam nickte heftig mit dem Kopf. »Ja, kommt mit. Ich zeig euch dann mal... diese Sache.«

Fanny stand auf und rollte die Augen über die armselige Schauspielkunst der beiden. Maria Kaltenbach hatte jedoch ohnehin nicht zugehört. Mit sorgenvollem Blick sah sie einem Auto entgegen, das die Auffahrt hinaufgefahren kam.

Einen kurzen Moment standen die drei unentschlossen herum, dann flüsterte Sam: »Kommt. Ich weiß ein Spitzenversteck!«

»Krrrhaaatschiii!!!« Fanny nieste so heftig, dass Sam und Mika gleichzeitig zusammenzuckten.

»Pssst, Mann, leise!«, flüsterte Sam und sah sie strafend an. Dicht gedrängt saßen die drei in Sams Spezialversteck: einem Hohlraum zwischen haushohen Heuballenstapeln, die neben dem Stallgebäude in einem Unterstand aufgetürmt waren.

Mika strich bewundernd über Wände und Decke aus gepresstem Heu. »Cool! Ein Haus aus Heu im Heu.«

»Supercool«, keuchte Fanny vorwurfsvoll und wurde von einem weiteren fiesen Niesanfall geschüttelt, »vor allem für jemanden, der *Heu*schnupfen hat. Das heißt nicht umsonst so! Und warum müssen wir uns überhaupt verstecken? Das mit dem Dieb sollte deine Oma ja vielleicht erfahren, oder?«

»Ja«, erwiderte Sam grimmig, »aber erst wenn ich ihn ihr verschnürt auf dem Silbertablett präsentieren kann. Sie hat schon genug Sorgen«, fügte er ernst hinzu und wandte sich gespannt an Mika. »Also lass hören. Wie sah er aus? Oder war es eine Sie? Haarfarbe, Augenfarbe, Größe, Klamotten?«

Mika biss sich auf die Lippe. »Also… es war dunkel und es ging schnell. Ich habe Geräusche gehört, in der Futterkammer. Dann hab ich geschrien, er oder sie soll rauskommen, und er oder sie ist rausgekommen. Nur eben… sehr schnell. Er ist an mir vorbeigelaufen, ich hab ihn verfolgt, aber dann ist er auf ein Moped gesprungen. Also, ich hab ihn – oder sie – zwar gesehen«, sagte sie abschließend, »aber eben nicht erkannt.«

Sam starrte sie ungläubig an. »Du hast ihn *angeschrien*? Du warst alleine mit einem Dieb, mitten in der Nacht, und hast ihn auf dich aufmerksam gemacht?«

Fanny tätschelte Mika stolz das Knie. »Meine Heldin!«, flüsterte sie, doch Sam fand das offenbar gar nicht lustig. »Mann, Mika, der Typ klaut teure Medikamente und Spezialfutter, der ist wahrscheinlich gefährlich, das hätte so was von schiefgehen können!«

Mika zog trotzig die Brauen zusammen. Sie fand Sam ungerecht, trotzdem wurde ihr im Nachhinein tatsächlich ein bisschen mulmig. »Ich war einfach plötzlich so wütend!«, verteidigte sie sich lautstark. »Ich …«, doch dann ließen sie herannahende Schritte jäh verstummen.

Dumpf, aber deutlich drang Maria Kaltenbachs Stimme durch die dicken Heuballenwände. »Ich brauche doch nur eine einfache Verlängerung«, sagte die alte Dame in ungewohnt flehendem Tonfall.

Vor dem Heuballenturm standen zwei Männer mit braunen Aktentaschen und kalten Augen. Der eine war älter, der andere jünger, ansonsten aber ähnelten sie sich in ihren dunklen, vornehmen Anzügen.

Der Jüngere sah Mikas Großmutter ernst an und blätterte in seinen Unterlagen. »Frau Kaltenbach, Sie haben bereits eine enorme Hypothek auf dem Hof aufgenommen, mit deren Tilgung Sie sechs Monate im Rückstand sind. Wir können den Kredit nicht ›einfach‹ noch einmal verlängern«, sagte er mit einer Spur Schadenfreude in der Stimme.

Der Ältere fügte etwas nachsichtiger hinzu: »Das ist leider wahr, Maria. Wenn du in den nächsten Wochen keine Zahlung vorweisen kannst oder zumindest eine *Aussicht* auf Zahlung, dann bleibt uns keine andere Wahl...«

Im Heuballenversteck wagten Mika und Sam kaum zu atmen – nur Fanny setzte schon zu einem weiteren Bierkutscher-Niesen an. O nein, nicht jetzt!

Im letzten Moment hielt Sam ihr energisch die Nase zu. Frau Kaltenbach und die beiden Männer standen jetzt genau vor dem Eingang zu ihrem Versteck.

Maria Kaltenbachs Stimme klang gebrochen: »Aber... ich habe gerade ein paar Möbel verkauft, damit könnte ich eine kleine Anzahlung leisten. Und in zwei Wochen sind die Kaltenbach Classics. Das ist eines der renommiertesten Turniere für Nachwuchs-Springreiter, das wir hier jährlich abhalten«, fügte sie erklärend hinzu, denn der junge Banker hatte fragend die Augen zusammengekniffen. »Danach werden sicher wieder mehr Aufträge kommen. Das ist jedes Jahr so.«

Der Ältere lächelte mit echtem Bedauern. »Eine kleine Anzahlung wird diesmal nicht reichen, Maria. Wir brauchen etwas Handfestes. Was ist denn aus diesem Pferd geworden, in das du so viel investiert hast?«

Maria Kaltenbachs Gesicht verdüsterte sich.

Der junge Banker begann, in seinen Unterlagen zu blättern. »Genau, hier: fast eine halbe Million Euro haben Sie bezahlt für...«

Im Inneren des Heuballens schloss Mika die Augen. »Ostwind«, flüsterte sie.

»... für Ostwind?«, kam es gleichzeitig von draußen. »Also, wo ist denn dieses Wunderpferd? Könnte man das nicht verkaufen? Eine halbe Million wäre ja zumindest mal ein Anfang!«

Doch Maria Kaltenbach schüttelte nur wortlos den Kopf. »Nein? Na gut, von Pferden versteh ich nichts, dafür jede Menge von Geld, und ich sage Ihnen dies, Frau Kaltenbach: Sie sind am Ende! Und wir auch, und zwar mit unserer Geduld.« Und damit stapfte er davon, in Richtung ihres Autos.

Mikas Großmutter nahm den Älteren vertraulich am Arm. »Klaus? Wir beide kennen uns doch jetzt schon so lange, und ich war nie gut darin, um etwas zu bitten. Aber ich brauche noch ein paar Monate. Bitte!«

Doch der grauhaarige Banker schüttelte nur traurig den Kopf. »Zwei Wochen. Bis nach dem Turnier. Dann wird Kaltenbach zwangsversteigert. Es tut mir leid.«

Der junge Banker drehte sich noch einmal um. »Kommst du, Klaus? Mir stinkt das hier zu sehr!«, rief er und trat im selben Augenblick schwungvoll auf eine Mistforke, die an der Hausmauer lehnte. Der Stiel schnalzte vor und verpasste dem Schnösel eine saftige Ohrfeige. Autsch!

Auf Marias Gesicht flackerte kurz ein grimmiges Lächeln auf, dann drehte sie sich um und ging wortlos Richtung Haus zurück.

Im Inneren des Heulagers klammerte sich Mika so fest an Fannys Arm, dass diese Mühe hatte, nicht laut loszuschreien. Und auch Sam saß da, als hätte er gerade einen heftigen Kinnhaken abbekommen.

Fanny wand sich aus Mikas eisernem Griff und rieb sich den Arm. »Krass!«, fasste sie in einem einzigen Wort zusammen, was alle dachten.

Mika wollte gerade etwas erwidern, als draußen eine weitere Stimme ertönte. Mika kannte diese Stimme, aber hier auf Kaltenbach hatte sie sie selten gehört.

»Maria, warte!«, rief Herr Kaan, »Ich wollte dir nur rasch etwas von dem wilden Wegerich vorbeibringen, von dem ich dir erzählt habe. Wirkt Wunder gegen müde Beine – tierische wie menschliche.« Er hielt einen Strauß unscheinbarer grüner Blätter in den Händen und ging mit einem warmen Lächeln auf Maria Kaltenbach zu, die in der Tür stehen geblieben war.

Mikas Großmutter lächelte müde. »Ach... danke«, sagte sie und nahm den Strauß abwesend entgegen.

Herr Kaan sah sie durchdringend an. Er konnte Menschen fast genauso gut lesen wie Pferde, das hatte Maria Kaltenbach schon früher an ihrem ehemaligen Cheftrainer beeindruckt.

»Was ist passiert?«, fragte er besorgt, doch sie konnte jetzt nicht mit ihm reden. Wo hätte sie anfangen sollen?

Maria Kaltenbach zwang sich zu einem Lächeln, das unbekümmert aussehen sollte. »Nichts. Ich hab es nur etwas eilig. Aber ich danke dir«, erwiderte sie freundlich, trat schnell ins Haus und schlug die Tür zu, bevor Herr Kaan mit seinem siebten Sinn spüren konnte, wie schlecht es um sie stand. Doch sie war nicht schnell genug gewesen.

Herr Kaan hatte einen letzten Blick auf ihr Gesicht werfen können, bevor die Tür ins Schloss fiel, und starrte noch eine ganze Weile vor sich hin, bis er sich schließlich umdrehte und ging.

In ihrem Versteck rieb sich Sam das Gesicht mit den

Händen, als wollte er sich selber aus einem schlimmen Albtraum aufwecken. Jegliche Farbe war aus seinem Gesicht gewichen. »Das wird dann wohl unser letzter Sommer auf Kaltenbach«, sagte er schließlich tonlos.

Mika fuhr herum: »Das kann nicht wahr sein! Gestern hat sie noch gesagt, dass alles in bester Ordnung ist! Du hast es doch auch gehört!«

Fanny, deren Augen vor lauter Heuallergie schon feuerrot waren, nickte. »Ja, hat sie. Aber ehrlich gesagt, so richtig überzeugend fand ich das schon gestern nicht. Und dann das mit dem Bett heute Morgen... ich fürchte, deine Oma hat wirklich massive Probleme.«

Mika sah Sam an, der nun von seinem Gesicht zu seinen Haaren übergegangen war und sie zu einer so heftigen Sturmfrisur verstrubbelte, dass Mika sicher gelacht hätte – wäre sie dazu in Stimmung gewesen. »Was können wir nur... Wir müssen was unternehmen!«

Fanny war sofort Feuer und Flamme. »Okay. Wie wäre es zum Beispiel, wenn wir die beiden Aasgeier von der Bank kidnappen und auf eBay versteigern? Ich hab da kürzlich so einen Artikel gelesen.«

Sam starrte Fanny entgeistert an. »Wie bitte?«

Mika schüttelte nur den Kopf. Fanny war ausgesprochen »lösungsorientiert« – wie sie es nannte –, auch wenn ihre Lösungen gerne mal in Katastrophen endeten. Das letzte Mal war dabei das Auto ihres Klassenlehrers in Flammen aufgegangen.

Sam stand auf: »Ihr mögt das vielleicht witzig finden, aber das hier ist kein albernes Spiel«, zischte er. »Wisst ihr, was passiert, wenn Kaltenbach an die Bank fällt? Mein Großvater wird aus seinem Wohnwagen geworfen, was für ihn den Tod bedeuten würde. Ich verliere meinen Ausbildungsplatz und... und...«, er brach ab. »Und mein Zuhause«, fügte er schließlich leise hinzu.

Mika sah ihn erstaunt an. So hoffnungslos hatte sie den immer gut gelaunten Sam noch nie erlebt. »Und... was passiert dann mit Ostwind?«, entfuhr es ihr unwillkürlich, und bei dem Gedanken sprang auch sie alarmiert auf.

»*Ostwind, Ostwind*«, äffte Sam sie nach und funkelte sie aus seinen dunkelbraunen Augen wütend an. »Du interessierst dich doch nur für dich und dein Pferd. Was aus uns wird, ist dir völlig egal. Und du hast es gehört: Ostwind ist schuld daran, dass wir bankrott sind. Dabei hättest du Kaltenbach retten können – aber Mika hat ja ihre *Prinzipien.*« Er holte tief Luft, um seinen Monolog mit einem Paukenschlag zu beenden. »Oder besser gesagt: ihr riesiges Ego.« Und mit einem kräftigen Tritt gegen den Heuballen am Eingang zu ihrem Versteck stapfte er wütend davon.

Mika sah ihm sprachlos hinterher.

»HAAATSCHIII!« Fannys lautes Niesen brachte sie wieder auf den Boden der Realität. »Hm«, bemerkte sie trocken und sah Sam nach, der noch einmal so heftig gegen einen Blecheimer trat, dass der über den ganzen Hof flog, »die Idee mit den Bankern auf eBay fand er wohl nicht so toll, was?«

Mika seufzte. »Die Idee ist ja auch total bescheuert.«

»Also...«, wollte Fanny sich gerade verteidigen, doch etwas in Mikas Gesichtsausdruck sagte ihr, dass ihre Freundin jetzt etwas anderes brauchte als pragmatische... na gut, bescheuerte Lösungsideen.

»Hey«, Fanny legte Mika tröstend die Hand auf den Arm. »Was meinte Sam denn damit, dass du Kaltenbach retten könntest?«

Mika sah sie an. In ihren Augen loderte ein gefährliches Feuer. »Er meint, ich hätte mit Ostwind Turniere reiten sollen.« Fanny war ratlos. »Aha. Und wie würde das dann Kaltenbach retten?«

»Das würde bedeuten, sie hätten ein erfolgreiches Team, das an allen möglichen Turnieren teilnimmt. Ein berühmtes Pferd. Und dann würden andere Pferdebesitzer kommen und hier trainieren wollen. Und vielleicht Sponsoren und... ach, was weiß ich...« Mika sah nun richtig unglücklich aus. »Wir müssen uns was anderes überlegen, Fanny. Wir müssen!«

Fanny nickte entschlossen solidarisch, doch in ihren Augen las Mika nicht die Zuversicht, die sie sich gewünscht hätte.

5. Kapitel

»Wir könnten deine Eltern anrufen und um Geld bitten? Okay, die haben wohl auch keine halbe Million übrig. Wir könnten einen Spendenaufruf im Internet starten?«

Die beiden Mädchen schlenderten über eine blühende Sommerwiese, Mika in Gedanken und Fanny in Selbstgesprächen. »Oder wir könnten eine Bank überfallen.«

Mika sah Fanny entgeistert an. »Spinnst du jetzt?«

Fanny grinste. »Wollte nur sehen, ob du mir überhaupt zuhörst.«

Mika lächelte matt. »Das wird alles nichts helfen. Ich glaube…«

Fanny blieb stehen und sah Mika ernst an. »Ich glaube, du musst vor allem mal mit deiner Großmutter reden«, sagte sie vorsichtig.

Mika seufzte. »Ich weiß. Aber ich fürchte mich davor, was sie sagen wird.«

Nun seufzte auch Fanny. »Ich weiß.«

Sie gingen schweigend weiter, doch plötzlich schlug Mika mit der Faust auf ihre flache Hand. »Ich rede mit ihr. Jetzt, sofort!« Und damit drehte sie sich um, ließ Fanny stehen und rannte zurück zum Gutshaus.

Fanny sah ihr verdattert nach. »Klar. Geh nur. Ich bin

ja gerne in der Natur… AHHHHHHH!«, schrie sie erschrocken auf, als ein fast handtellergroßer Grashüpfer auf ihrer Schulter landete.

Die Fenster des herrschaftlichen Wohnzimmers standen weit offen, Grillen summten in der Ferne. Maria Kaltenbach saß in ihrem geflochtenen Schaukelstuhl und bemerkte die Fliegen nicht, die sich auf ihrem Arm zu einer Konferenz versammelten. Sie starrte auf das Ölgemälde, das in einem goldenen Rahmen über dem olivgrünen Sofa hing: *Kaltenbach 1927.*

Ihr geliebtes Gestüt, das sie als einziges Kind ihrer Eltern geerbt hatte. Seit mehreren Generationen im Familienbesitz war Kaltenbach ein angesehenes Gestüt gewesen, das erst Armeepferde und später erfolgreiche Springpferde gezüchtet hatte. Ganz Deutschland war der Name Kaltenbach ein Begriff gewesen und noch mehr, als sie selbst mit 29 Jahren auf ihrer geliebten Stute Pocahontas bei den Olympischen Spielen gewonnen hatte.

Und nun hatte sie Kaltenbach heruntergewirtschaftet! Vor einigen Jahren hatte sie die Zucht einstellen müssen, die nicht mehr rentabel war, und hatte sich ganz auf das Training und die Ausbildung von Springreitern konzentriert. Und jetzt?

Jetzt hatte sie nicht ein einziges vielversprechendes Talent im Stall, keinen bekannten Trainer – und ihre Kräfte ließen nach. Zwei Wochen waren es noch bis zu den Kaltenbach Classics, die sie vor fünfundzwanzig Jahren ins Leben gerufen hatte. Die Classics waren immer ihr ganzer

Stolz gewesen. Zum ersten Mal würde sie dieses Jahr, bei ihrem Jubiläumsturnier, kein eigenes Pferd am Start haben. Was für eine Blamage!

Maria Kaltenbach schloss die Augen, denn nun wurde ihr klar, was sie die letzten Monate immer wieder verdrängt hatte: Es würden außerdem ihre letzten Classics sein. Denn Kaltenbach war...

»Oma?«

Maria sah ihre Enkelin im Türrahmen stehen. Ein paar Strähnen ihrer leuchtend roten Haare hingen ihr wirr ins Gesicht, ihre Wangen waren gerötet, ihre Augen blitzten angriffslustig und erinnerten Maria Kaltenbach in diesem Moment mehr denn je an sich selbst. Die Ähnlichkeit war wirklich verblüffend.

»Hab ich dich geweckt?«, fragte Mika unsicher.

»Nein, nein«, antwortete Maria schnell. »Was ist denn los?« Gedankenverloren klopfte sie mit ihrem Stock auf das alte Parkett.

»Das würde ich gerne von dir wissen!« Mika trat näher und stand nun direkt vor ihrer Großmutter, die sich überrascht aufrichtete. »Gestern hast du behauptet, alles sei in bester Ordnung, und heute kommen irgendwelche Männer, tragen Möbel raus und andere reden darüber, Kaltenbach zu versteigern.« Mika hatte jetzt die Hände vor der Brust verschränkt und sah ihre Großmutter herausfordernd an. »Glaubst du, ich bekomme von alledem nichts mit?«

Maria stand schwerfällig auf, um wenigstens halbwegs auf Augenhöhe mit Mika zu sein. »Mika, das ist alles nicht so einfach. Ich wollte dich damit nicht belasten«, sagte sie beschwichtigend.

Doch Mika wollte eindeutig nicht beschwichtigt werden. Ihre Stimme bebte. »Wenn es Kaltenbach nicht gut geht, dann geht es mir auch nicht gut. Also sag mir bitte die Wahrheit. Wie schlimm ist es?«

Maria Kaltenbach sah Mika eine Weile schweigend an. »Es ist nicht so...«, begann sie, doch etwas in den Augen ihrer Enkelin ließ sie innehalten. Maria sackte in sich zusammen. Es war endlich Zeit für die Wahrheit. »Ich werde Kaltenbach wohl nicht halten können.«

Mika verschlug es den Atem. »Aber... was wird aus... Sam und Herrn Kaan und...?«

Ostwind sagte sie nicht. Aber sie dachte es... und: Was wird aus mir? Aber auch das sagte sie nicht.

Maria Kaltenbach schüttelte langsam den Kopf. »Ich weiß es nicht.«

Diese offensichtliche Hilflosigkeit war für Mika das Schlimmste. Ihre Großmutter wusste doch sonst immer, was zu tun war.

»Können wir denn gar nichts tun?«, fragte sie, aber ihre Großmutter sah sie einen Moment zu lange an. Etwas Unausgesprochenes hing in der Luft.

Schließlich brachte Maria ein Lächeln zustande. »Du kannst einen schönen letzten Sommer hier haben!« Sie strich Mika über den Arm.

Doch Mika schüttelte sie ab. Sie fühlte einen Kloß im Hals, der sich nicht herunterschlucken ließ und dem bald Tränen folgen würden. Sie musste hier raus!

Sie fuhr herum und rannte durch den langen Flur, die Stufen hinunter, nur weg.

»Mika!«, rief ihre Großmutter ihr erschrocken hinterher, doch Mika war bereits aus der Tür.

Sie rannte, so schnell sie konnte, und hielt nicht an. Nicht für die Rufe ihrer Großmutter. Nicht für Tinka, die auf dem Hof gerade versuchte, Archibald mit dem Hufschmied zu versöhnen. Und nicht für Fanny, die ihr auf der Schotterstraße zum Gestüt entgegengekeucht kam und nur noch verwirrt der Staubwolke nachsehen konnte, die Mika hinterließ.

Es gab nur einen, der sie jetzt verstehen würde. Schon von Weitem hörte sie sein vertrautes Wiehern.

Ostwinds dunkles Fell glänzte in der Nachmittagssonne, und als hätte er auf sie gewartet, stand er bereits am Rand seiner Weide und sah ihr entgegen.

Schnell kletterte sie auf den Zaun und schwang sich auf seinen Rücken. Sie griff in seine dichte Mähne, schlang ihre Beine um seinen Bauch und flüsterte ihm ins Ohr: »Los!«

Ostwind schnaubte freudig auf und fiel sofort in einen ausgelassenen Galopp. Endlich waren sie wieder zusammen!

Sie jagten über die Koppel, Mika dicht an den Pferderücken geschmiegt, fast als wären sie ein einziges Wesen. Mühelos setzten sie über den Zaun, und dann ging es querfeldein: am schattigen Waldrand entlang, über ein wogendes Getreidefeld, egal wohin. Hauptsache weiter, Hauptsache weg.

Mika spürte, dass auch Ostwind nicht anhalten wollte. Sie spürte seine Unruhe und ihre Anspannung und wie sich beides auflöste im puren Rausch der Geschwindigkeit.

Der kleine Baggersee schimmerte dunkelgrün und friedlich in der Sonne, silbrige Libellen schwirrten dicht über der stillen Wasseroberfläche, in der sich die umstehenden Bäume spiegelten.

Unzählige Male, wenn sie in Frankfurt in ihrem Bett gelegen hatte, hatte sich Mika an diesen Ort geträumt. Hier war sie zum ersten Mal auf Ostwinds Rücken geklettert. Sie sah wieder Herrn Kaan vor sich, wie er ihr vom Ufer aus ermutigend zulächelte, als sie das große Pferd unsicher ins Wasser führte.

Mika sprang von Ostwinds Rücken. Sie war durch und durch nassgeschwitzt, ebenso wie Ostwind. Mit gesenktem Kopf stand er am Ufer und sog das kühle Wasser ein.

Kurzentschlossen zog Mika ihre Turnschuhe aus, strampelte sich aus ihrer Jeans und stürzte sich ins kühle Wasser. Ostwind riss mit einem ausgelassen Wiehern den Kopf hoch.

Mika lachte. »Na, los, komm rein!« Sie paddelte auf dem Rücken kleine Kreise vor ihm, tauchte unter und kurz vor ihm wieder auf.

Ostwind tänzelte einen Schritt zurück und schüttelte schnaubend den Hals.

Mika sank bis zur Nase unter die Wasseroberfläche, nahm einen großen Schluck und spuckte eine Ladung Wasser nach ihm. »Jetzt komm, du Feigling! Es ist ganz toll hier drin! Nass!«

Ostwind sah sie an und stand ganz still am Ufer.

Mika stand auf, streckte die Hand aus und drehte ihren Körper leicht zur Seite. »Keine Angst.«

Das dunkle Pferd hielt ihren Blick und machte einen Schritt auf sie zu. Auf Mikas Gesicht breitete sich ein Lächeln aus, als er langsam und vorsichtig zu ihr ins Wasser kam. Glücklich und ohne einen Gedanken an den Rest der Welt plantschten sie im Wasser herum: der schlaksige Rotschopf und das große Pferd.

Mika sprang von Ostwinds Rücken, ließ sich neben ihm treiben. Der Hengst schnaubte, blies Wasser aus seinen Nüstern und nahm erschrocken Reißaus vor einer ebenfalls irritierten Ente.

Später trockneten sie im Schatten einer hohen Buche: Mika ausgestreckt auf dem Boden, Ostwind friedlich weidend neben ihr. Die Unbeschwertheit der letzten Stunden löste sich langsam auf.

Mika dachte nach: Sie mussten Kaltenbach retten. Sie konnten doch nicht einfach kampflos aufgeben! Kaltenbachs Untergang bedeutete gleichzeitig Ostwinds Untergang. Und ohne Ostwind...

Mika dachte den Gedanken nicht zu Ende. Je länger sie dalag, desto klarer wurde ihr, was sie zu tun hatte. Eigentlich war es ihr schon lange klar gewesen. Sam hatte es ausgesprochen. Es ging um mehr als nur um sie und ihr Pferd.

Mika seufzte und Ostwind hob sofort fragend den Kopf. Auch er war wieder unruhiger geworden. Sie drehte sich zu ihm, den Kopf immer noch im Gras, und blinzelte gegen die Sonne zu ihm hoch. Sie betrachtete die Stellen in seinem dunklen Fell. Auch das war noch ein Rätsel, das es zu lösen galt.

»Das ist tatsächlich eine Zwickmühle!« Herr Kaan nickte bedächtig und meinte damit nicht sein jüngstes Schnitzwerk, das halb fertig vor ihm auf der knorrigen Werkbank eingespannt war.

Es zeigte einen Menschen mit Pferdebeinen oder aber, dachte Mika, während sie es aufmerksam musterte, ein Pferd mit Menschenoberkörper. Je nach Blickwinkel.

Sie saß auf dem Geländer von Herrn Kaans Veranda und ließ ihre Beine baumeln. Ihre Haare waren noch feucht, ihr Gesicht gerötet. Der Ausritt hatte ihr gutgetan und ihren Geist geklärt. Wenn andere Leute über ihre Probleme schliefen, dann musste sie über ihre Probleme reiten.

Herr Kaan machte einen weiteren Zug mit dem Schnitzeisen, als Mika zögerlich fortfuhr: »Ich habe einfach das Gefühl, dass ich keine Wahl habe. Ich wollte nach dem letzten Mal nie wieder... so reiten. Ich habe es Ostwind versprochen! Aber wenn wir nicht bei den Classics antreten, dann haben wir nicht einmal diese klitzekleine Chance. Dann haben wir gar nichts.«

Herr Kaan antwortete nicht, betrachtete nur konzentriert seinen Pferdemenschen.

»Es wäre ja auch nur noch ein einziges Mal. Und es geht um Kaltenbach. Um Sam, um meine Oma und...« Mika zögerte, doch Herr Kaan nickte ihr zu. Er wusste schon, was sie sagen wollte. »Und um Sie«, schloss sie energisch. »Also, was soll ich tun? Mein Versprechen brechen für den vielleicht hoffnungslosen Versuch, Kaltenbach zu retten?«

Herr Kaan sah auf. Sein Blick schweifte zum Waldrand, wo die Sonne gerade langsam hinter den Bäumen versank. »Manchmal muss man ein Versprechen brechen, um der Gegenwart Platz zu machen. Das nennt man dann Verantwortung.«

Mika hatte das Gefühl, dass er gerade nicht nur über sie sprach. Für eine Weile schwiegen sie. Ein kühler Abendwind kam auf, während sie einträchtig dem Sonnenuntergang zusahen.

Schließlich erhob Herr Kaan sich von seinem Schemel. »Ist spät. Deine Großmutter macht sich wahrscheinlich schon Sorgen.«

Mika nickte und sprang vom Geländer. »Danke.«

Herr Kaan sah sie erstaunt an. »Wofür denn?«

»Für alles. Und dafür, dass ich jetzt weiß, was ich machen muss.«

Herr Kaan lächelte. »Das wusstest du doch schon vorher.« Mika erwiderte sein Lächeln. »Ja, aber jetzt weiß ich, dass ich es nicht alleine machen muss.«

Sie deutete eine Verbeugung an: »Gute Nacht, Meister!«, sagte sie und ging in die Nacht hinaus.

Herr Kaan lächelte ihr nach. »Meister ... so ein Unsinn«, brummelte er und war dennoch geschmeichelt, als er in seinem Wohnwagen verschwand.

Blaue Stunde. Kaltenbach leuchtete türkisblau. Maria Kaltenbach saß alleine an der langen Tafel im Esszimmer.

Marianne, die gute Seele und schlechte Köchin, räumte gerade den Tisch ab, auf dem noch ein einsamer Teller mit einer unangerührten Kohlroulade stand.

»Sie können das Essen ruhig mitnehmen, Marianne. Meine Enkelin wird sich wohl heute Abend nicht mehr blicken lassen«, sagte Maria gerade, als Mika den Raum betrat.

»Äh, doch. Und ich hätte auch einen Riesenhunger!« Überrascht drehten sich beide Frauen um. »Mika! Wo warst du denn den ganzen Tag? Wir haben uns schon Sorgen gemacht. Nicht mal deine Freundin... Franzi?... wusste, wo du steckst«, sagte Maria mit leichtem Vorwurf in der Stimme.

Mika durchquerte das Zimmer mit großen Schritten und ließ sich auf ihren Platz am anderen Ende der langen Tafel fallen. Marianne stellte den Teller vor sie hin. »Soll ich's nochammol warmmache?«, fragte sie eifrig in breitestem Dialekt.

Aber Mika schüttelte den Kopf. »Nein, danke. Ist wunderbar so.« Warm oder kalt war bei Mariannes Kochkunst tatsächlich egal. Und Essen war jetzt ohnehin Nebensache.

»Wir machen es«, verkündete Mika entschlossen.

Maria Kaltenbach blickte verwirrt auf. »Wie? Was macht ihr? Und wer ist ›wir‹?«

Mika schluckte. Jetzt gab es kein Zurück. »Wir sind Ostwind und ich. Und du. Und wir starten in zwei Wochen bei den Classics. Also Ostwind und ich. Und du... trainierst uns.«

Mika bemerkte die ungläubige Freude, die sich auf dem Gesicht ihrer Großmutter ausbreitete, und schob das ungute Gefühl weg, das sie selbst gleichzeitig beschlich. »Von mir aus können wir gleich morgen früh mit dem Training anfangen«, fuhr sie mit einem Eifer fort, den sie nicht im Entferntesten fühlte.

Maria sah sie an, als säße ein Außerirdischer bei ihr am Tisch. »Mika«, sagte sie schließlich langsam, »der Vorschlag rührt mich sehr. Aber das geht nicht. Deine Mutter würde mir das nicht verzeihen...«, sie stockte, »...und ich will dich zu nichts zwingen, was du nicht willst. Das würde *ich* mir nicht verzeihen.«

Mika blickte ihre Großmutter an, die Sorgenfalten auf ihrer Stirn, die müden Augen. Sie verschränkte die Arme vor der Brust und erklärte: »Erstens würde Mama sicher nicht wollen, dass Kaltenbach versteigert werden muss, und zweitens bin ich alt genug, um selber zu wissen, was ich möchte und was nicht. Und drittens...«, sie holte tief Luft, »...gibt es Dinge, die wichtiger sind als wir alle drei«, wiederholte sie Herrn Kaans Worte.

Maria schluckte. Tränen standen in ihren graublauen Augen. Und diesmal nicht vor Trauer und nicht vor Wut. Sie stand auf und humpelte zu Mika, die unbeholfen aufsprang und sich von ihrer Großmutter in die Arme schließen ließ. »Ach, Mika! Wir sind einfach aus demselben Holz geschnitzt, du und ich!«

Mika, die emotionale Ausbrüche jeder Art immer überforderten, stand da wie zur Salzsäule erstarrt.

»Oma«, quiekte sie schließlich, als sie keine Luft mehr bekam. Sofort ließ ihre Großmutter sie los und wischte sich die Augen. Sie schien selber überrascht von sich und tat schnell so, als wäre nichts gewesen.

Mika atmete auf. Doch diese Erleichterung hielt nur kurz, denn da war die alte Maria Kaltenbach auch schon zurück: »Dann iss nun etwas und geh früh schlafen. Ich erwarte dich ausgeruht und das Pferd fertig gesattelt um Punkt acht Uhr auf dem Platz!« Sie klopfte Mika aufmunternd auf die Schulter und ging aus dem Zimmer.

Mika sank zurück auf den Stuhl und nahm einen Bissen kalte Kohlroulade. »Perfekt. Schmeckt genau, wie ich mich fühle«, murmelte sie kauend und schluckte schwer.

»Heyyy, Fannyyy«, sagte Mika beschwichtigend wie zu einem störrischen Pferd, als sie vorsichtig die Tür zu ihrem gemeinsamen Zimmer öffnete. Sie spähte hinein, bereit sich zu ducken und einem – oder mehreren – fliegenden Gegenständen auszuweichen. Doch nichts geschah.

Mika öffnete die Tür ganz und betrat das Zimmer. Es war leer. Keine Fanny weit und breit. Mika sah sich verwundert um. Dann ging sie blitzschnell in die Hocke und sah unters Bett. »Hab dich!«, rief sie, doch statt ihrer Freundin lagen da nur ein paar staubige Wollmäuse und eine einsame Socke auf dem alten Dielenboden.

Nachdenklich setzte sie sich aufs Bett. War Fanny tatsächlich so sauer, dass sie einfach abgereist war? Nur weil Mika einen Tag lang verschwunden war? Aber warum hatte sie dann ihren heiß geliebten Laptop dagelassen?

In dem Moment hörte sie unterdrücktes Gekicher im Hof.

Sie ging zum Fenster. Es war stockfinster draußen, nur ein einsames Glühwürmchen tanzte... oder halt: War das etwa eine Stirnlampe?

»Fanny?«, rief Mika leise in die Nacht. Doch anstatt einer Antwort hörte sie nun auch noch eine andere, tiefere Stimme. Das war Sam. Sam und Fanny?

Mika spürte, wie plötzliche Eifersucht ihr einen kurzen, aber heftigen Stich versetzte. Was machten die beiden da draußen in der Nacht – ohne sie?

Sie würde es herausfinden. Ohne zu zögern, schwang sie sich aus dem Fenster.

Im fahlen Lichtkegel von Fannys Stirnlampe pumpte Sam den platten Reifen eines altersschwachen Fahrrads auf.

»Haben wir nicht irgendein glamouröseres Verfolgungsfahrzeug, das wenigstens die Luft hält?«, kicherte Fanny gerade, als Mika mit einem dumpfen »WHAM!« wenige Zentimeter neben ihr auf dem Boden landete.

Fanny kreischte laut auf und machte einen Satz auf Sam zu, der seinerseits das Gleichgewicht verlor und neben dem Rad auf den Rücken fiel.

Mika grinste voller Genugtuung über ihren gelungenen Auftritt. »Na? Habt ihr nicht jemanden vergessen?«, fragte sie und zeigte anklagend auf die beiden Fahrräder, die an der Stallmauer lehnten.

Fanny drehte den Kopf und leuchtete Mika mit ihrer Stirnlampe mitten ins Gesicht. Sam wandte sich wortlos dem Rad zu und pumpte weiter – allerdings so heftig, dass die Pumpe vom Ventil sprang. »Wer hat hier wohl wen vergessen?«, fauchte Fanny zurück. »Noch so ein gemütliches Essen alleine mit deiner Großmutter und ich nehme den nächsten Zug nach Hause, ganz ehrlich! Und es geht mir dabei gar nicht mal um die Kohlrouladen – die an sich auch schon Grund genug wären!«

Fannys durchaus berechtigte Empörung nahm Mika ziemlich den Wind aus den Segeln. »Tut mir leid«, sagte sie kleinlaut. Ihre Eifersucht kam ihr plötzlich sehr albern vor. »Wirklich. Ich musste einfach alleine nachdenken, über alles…«, sie hielt inne und sah Sam an, der immer noch pumpte, obwohl der Reifen nun kurz vor dem Platzen war, »…was du gesagt hast. Und du hast recht.«

Sam pumpte nun langsamer, und Mika fuhr entschlossen fort: »Ich werde in zwei Wochen für Kaltenbach bei den Classics starten. Mit Ostwind. Oma wird mich trainieren und… wenn Kaltenbach schon untergeht, dann wenigstens mit einem Sieg!«

Sam hielt inne und drehte sich langsam um. Misstrauisch sah er sie an. »Echt jetzt?«

Mika nickte.

Sam sprang auf und nahm Mika stürmisch in die Arme. Wieso musste sie heute eigentlich jeder umarmen? »Ich wusste es!«, murmelte Sam in ihre Haare.

Fanny leuchtete mit ihrer Lampe von Mika zu Sam und von Sam zu Mika. Sie, die sonst offen war für jede Form von Drama, fand das Romeo-und-Julia-Rührstück, das sich gerade vor ihren Augen abspielte, offenbar nicht ganz so amüsant. Mit ihrer Stirnlampe lieferte sie auch noch das perfekte Scheinwerferlicht dazu!

»So«, sagte sie in ihrer strengsten Reporterstimme, »jetzt ist es aber gut. Wir haben hier eine wichtige Mission, okay?«

Sofort ließ Sam Mika los. »Äh... klar«, sagte er und schraubte plötzlich voller Elan den Verschluss auf das Fahrradventil.

Fanny und Mika standen sich gegenüber und ein Hauch von Anspannung lag immer noch zwischen den beiden.

»Dass du an diesem Turnierdings teilnimmst, heißt aber nicht, dass Paris gestorben ist, oder?«, fragte Fanny, in deren Stimme neben dem bedrohlichen Tonfall noch etwas anderes mitschwang, das Mika nicht ganz deuten konnte.

»Neiiiin! Das ist in zwei Wochen, und danach fahren wir natürlich«, beeilte Mika sich zu sagen.

»Hmmmm...« Fanny schien nicht überzeugt.

»Was soll das hier eigentlich werden?«, fragte Mika schnell, froh über jedes andere Thema.

Und es klappte: Fanny war sofort wieder im Abenteuer-Modus. »Also«, erklärte sie in aufgeregtem Flüsterton, »wir werden dem Dieb auflauern. Auf dem Speicher da.« Sie zeigte auf einen offenen Heuboden, zu dem nur eine alte Leiter hinaufführte. »Sam meinte, von da aus hat man den besten Überblick. Im Medikamentenschrank haben wir eine Mausefalle versteckt. Wenn er die Tür aufmacht und reingreift: *Bäng!*, schnappt die zu. Das verschafft uns wiederum genug Zeit, um runterzuklettern, auf die Fahrräder zu springen und ihn zu verfolgen, falls er fliehen sollte. Und falls Sam ihn nicht schon vorher erwischt.«

Sie nickte Sam zu, der wie aufs Stichwort einen Tennisschläger hochhielt. »Ist jetzt keine perfekte Waffe, aber es sollte reichen«, fügte er grimmig hinzu.

Mika grinste. »Klingt nach einem ziemlich wasserdichten Plan.«

Fanny nickte stolz. »Wäre natürlich gut, wenn du auch dabei wärst, wenn die Falle zuschnappt. Immerhin hast du ihn schon mal gesehen und kannst uns wertvolle Hinweise liefern.«

Sam grinste nun auch. »Und sollte es zu einer Verfolgungsjagd kommen, kannst du gerne auf meinem Gepäckträger mitfahren«, sagte er versöhnlich.

»Danke«, antwortete Mika, »aber wenn, dann fährst du auf meinem Gepäckträger.«

Sie lachten, bis Fanny vorschlug: »Okay, dann gehen wir mal in Position!«

Sam nickte, plötzlich wieder ernst. »Wisst ihr, ich kann vielleicht nicht viel für Frau Kaltenbach tun, aber ich kann diesen Dieb fangen.« Er schwang den Tennisschläger auf seine Schulter und machte sich auf den Weg zum Speicher. Auf leisen Sohlen folgten Mika und Fanny ihm durch die laue Sommernacht.

6. Kapitel

Schwarz und schweigend lag das Gestüt im Mondlicht. Nur aus dem Heuspeicher über dem Stall drang leises, zweistimmiges Schnarchen.

Mika lag neben Fanny und Sam, die seit ungefähr zwei Stunden bäuchlings im Stroh tief und fest schliefen.

Fanny hatte zuvor noch mit einigem Hin und Her ihre Handykamera in Position gebracht, um den bestmöglichen Winkel für ihre Undercover-Fotos zu finden. Sie hatte ein paar Sätze auf ihren gelben Reporterblock gekritzelt und war dann wenige Minuten nach Beginn ihrer groß angekündigten Nachtwache eingeschlafen.

Nun lag sie, den Kopf auf ihrem Block, neben einem ebenfalls schlafenden Sam, der seinen Tennisschläger noch umklammert hielt. Mika seufzte. Sie hätte auch liebend gerne geschlafen, wären da nicht die tausend Gedanken gewesen, die in ihrem Kopf kreisten: ihre Großmutter, Kaltenbach in Gefahr, die Classics, Ostwinds merkwürdiges Verhalten.

Der Dieb würde heute sicher nicht wiederkommen, nachdem sie ihn letzte Nacht schon gestört hatte. So blöd war niemand, dachte Mika, als von unten leise, aber deutlich das Quietschen der Futterkammertür an ihr Ohr drang.

Ihr stockte der Atem. Sie musste Sam und Fanny wecken – doch da war er schon, nur wenige Meter unter ihr. Lautlos schlich die Gestalt durch die Futterkammer. Diesmal hatte er keine Taschenlampe dabei, und es war so dunkel, dass Mika ihn nur schemenhaft erkennen konnte.

Jetzt oder nie! Hart stieß sie Sam an die Schulter, doch der drehte sich einfach nur knurrend um. »Nicht der Schneehase!«, murmelte er traumtrunken. Mika hätte ihn am liebsten wild geschüttelt.

Unten hielt der Dieb inne und lauschte. Hoffentlich hatte er sie nicht gehört, denn hier oben saßen sie in der Falle wie drei Mäuse im Loch. Mika hielt den Atem an.

Endlich schlich er weiter, öffnete lautlos die Tür des Metallspinds, in dem Dr. Anders einen Teil seiner Medikamente aufbewahrte, und griff hinein. *Schnapp!*

»AUUUUUAAA!«

Der heulende Aufschrei ließ nun auch die beiden Oberdetektive aufwachen. »Hey! Was? Wo? Wer?«

Einen Stock tiefer schüttelte der Dieb seine Hand, als wollte er sie lieber loswerden, und brüllte dabei vor Schmerz.

»Wir haben ihn!«, schrie Mika triumphierend und kletterte blitzschnell die Leiter hinunter, bevor die beiden anderen noch richtig verstanden hatten, was geschah.

Die schwarze Gestalt hatte inzwischen jedoch die eingeklemmten Finger befreien können, schleuderte die Mausefalle wütend an die Wand und jagte in dem Moment aus der Tür, als Mika auf den Boden sprang.

Jetzt hatten endlich auch Sam und Fanny die Situation erfasst und stürzten hinter Mika her die Leiter hinunter.

Sie kamen nacheinander aus dem Stall geschossen, gerade als der Dieb sein Moped erreichte, das er vor der Einfahrt ins Gras geworfen hatte.

Mika eilte auf eines der Fahrräder zu und sprang auf.

Fanny war dicht hinter ihr. »Wir kriegen dich, du Ratte!«, rief sie kampflustig und schnappte sich das andere Rad.

Der Dieb rannte mit dem Moped den Schotterweg hinunter, während er im Laufen versuchte, den Motor zu starten.

Mika war schon fast aus dem Hoftor, als Sam auf Fannys Gepäckträger sprang. Fanny schlingerte, als er wütend den Tennisschläger schwang und rief: »Los! Los! Los!«

Fanny strampelte, was das Zeug hielt. Die drei Freunde rasten aus der Hofeinfahrt und nahmen die Verfolgung auf. Da hörten sie, wie der Motor des Mopeds knatternd ansprang.

Der Dieb schwang sich auf den Sattel und sofort vergrößerte sich sein Vorsprung. Mit quietschenden Bremsen bog er in einen kleinen Feldweg ein.

Mika und Fanny nahmen die Kurve, ohne abzubremsen, und Sam brauchte all seine Kraft, um nicht vom Gepäckträger geschleudert zu werden. Mika schoss vorneweg und starrte auf das flackernde rote Rücklicht ein paar Hundert Meter vor sich, das sich immer weiter entfernte.

»Bleib sofort stehen!«, brüllte sie wütend in die schwarze Nacht, doch als Antwort huschten nur ein paar Fledermäuse an ihrem Gesicht vorbei.

Vor ihnen bog das Moped erneut ab und war gerade aus ihrem Sichtfeld verschwunden, als sie einen lauten Knall hörten.

Mika bremste erschrocken und auch Fanny wurde langsamer. Sam sprang vom Gepäckträger und rollte sich im Gras ab wie ein Ninja-Kämpfer.

Fanny war sichtlich beeindruckt, doch bevor sie ihrer Bewunderung Ausdruck verleihen konnte, schrie Sam: »Sein Auspuff hat sich verabschiedet! Das ist unsere Chance.« Und damit schoss er davon wie ein Jagdhund, der eine Fährte aufgenommen hatte.

Mika und Fanny ließen ihre Räder ins Gras fallen und rannten ihm nach. Sie waren im Vorteil, denn Fannys Stirnlampe war weit und breit das einzige Licht, das den holprigen Weg beleuchtete.

Sam verschwand nun ebenfalls aus ihrem Sichtfeld, wenig später hörten Mika und Fanny einen überraschten Aufschrei, dann – Stille.

Als sie um die Wegbiegung kamen, sahen sie Sam verdutzt im Gras sitzen.

»Ich wusste, dass du ihn erwischst!«, keuchte Fanny siegessicher, doch Sam antwortete nur mit einem kleinen Schmerzenslaut.

Sie leuchtete ihn besorgt ab. »Scheiße, was hat er mit dir gemacht?« Fanny sank zu ihm ins Gras.

»Nix. Bin gestolpert!«, brachte Sam endlich hervor und rieb sich das Knie.

Mika war hin- und hergerissen. Sollte sie den Verbrecher lieber weiterverfolgen oder sich um Sam kümmern?

Kurzentschlossen schnappte sie sich den Tennisschläger und rannte weiter. Sie würde ihn jetzt schnappen, und wenn sie ihn bis nach Mexiko jagen müsste!

Sie konnte die dunkle Gestalt vor sich sehen, aber es war nicht so leicht, in der Dunkelheit schnell zu laufen. Mika richtete ihren Blick auf den Boden, sie musste sich ganz darauf konzentrieren, nicht über irgendetwas zu stolpern und hinzufallen. Hätte sie nur Fannys Stirnlampe mitgenommen.

Plötzlich tauchte ein dunkler Umriss vor ihr auf, ein Hindernis mitten auf dem Weg. Doch es war zu spät, sie war zu schnell. Mika stolperte und fiel der Länge nach... auf etwas Weiches?

Sie öffnete die Augen und lag bäuchlings auf... einem fremden Jungen. Dunkle Augen funkelten sie böse an, ihre Nasenspitze stieß an seine Nasenspitze. Sie spürte das hämmernde Herz durch seinen schwarzen Kapuzenpulli. Oder war es ihres?

Ein paar Schrecksekunden starrten sich die beiden nur an, dann kämpfte Mika sich auf die Füße. Der Dieb setzte sich auf und schob seine Kapuze vom Kopf.

Er war höchstens 16 Jahre alt, mit schwarzen Locken, einem schmalen Mund und Augen, in denen man keine Pupille sah, so dunkel waren sie.

»Lass mich in Ruhe«, fauchte er sie an und wirkte wie ein verletztes wildes Tier, das man in die Enge getrieben hatte.

Instinktiv wich Mika zurück. Damit hatte sie nicht gerechnet. Doch schließlich fand sie ihre Sprache wieder. »Was soll das?«, gab sie wütend zurück. »Warum beklaust du uns?«

Der Junge sammelte die Medikamentenpackungen ein,

die ihm beim Sturz aus der Tasche seines zerschlissenen Hoodies gefallen waren und nun verstreut auf dem Weg lagen. »Weil ich muss! Wir haben ein krankes Pferd, das stirbt, wenn ich ihm nicht helfe. Das kannst du glauben oder nicht. Mir egal«, sagte er patzig und sah sie dabei nicht an.

Doch Mika glaubte ihm sofort. Sie spürte seine Verzweiflung förmlich. Eine Verzweiflung, die so groß war, dass er sogar nachdem sie ihn entdeckt hatte, nach Kaltenbach zurückgekommen war.

Aber ganz so leicht wollte sie es ihm auch nicht machen. Dieb blieb Dieb. »Und warum holt ihr keinen Tierarzt, wenn es so krank ist?«, fragte sie.

»Weil…«, setzte er an, doch dann brach er frustriert ab. »Das verstehst du nicht.« Er stand auf und Mika musterte ihn verstohlen. Er überragte sie um mindestens einen Kopf – was gar nicht so leicht war – und sah mit seinem wilden Lockenkopf ein bisschen aus wie der Sohn eines Räuberhauptmanns.

»Aha«, erwiderte Mika, »und wo ist…« Eine Stimme ertönte aus der Dunkelheit hinter ihr. Sam.

»Mika?! Mika, wo bist du?«

Der Junge spannte sich an wie eine Katze, bereit zur Flucht. Er sah Mika an, Mika sah ihn an.

»Hier. Alles okay, bin auch hingefallen«, rief sie laut.

»Hast du ihn erwischt?«, drang nun auch Fannys besorgte Stimme zu ihnen.

Mika starrte den Jungen an. »Nein. Er ist weg. Bleibt, wo ihr seid, ich komm gleich.«

Der Sohn des Räuberhauptmanns lächelte vorsichtig. Seine weißen Zähne sahen in der Dunkelheit fast unheimlich aus. »Mika«, wiederholte er flüsternd. »Danke.«

Er wollte schon gehen, da rief ihm Mika leise nach: »Hey! Dafür will ich dein Pferd sehen. Morgen Nacht. Um elf Uhr hier.«

Das Gesicht des Jungen verfinsterte sich. Er schüttelte den Kopf.

Aus dem Dunkel hörte man Sam schimpfen: »Wenn ich den erwische, dann mache ich Hackfleisch aus ihm!«

»Feine Leberwurst!«, das war Fanny.

»Also?« Mika sah ihn eindringlich an und wartete auf eine Antwort.

»Okay«, sagte er schließlich widerstrebend.

»Okay. Und wie heißt du?«

Der Junge sah aus, als müsste er überlegen, ob er diese Information preisgeben wollte. »Milan«, sagte er schroff, drehte sich um und verschwand lautlos in der Dunkelheit.

»Milan«, wiederholte Mika den Namen leise. Erst dann lief sie zurück zu ihren Freunden.

7. Kapitel

Zum hundertsten Mal sah Maria Kaltenbach auf die Uhr. Es war kurz vor halb neun. Früher hätte es auf dem Gestüt um diese Uhrzeit nur so gewimmelt von Reitschülern, Pensionspferden und pferdebegeisterten Zuschauern. Heute war wie immer nur Tinka hier, die eifrig auf Sam einredete, während er den alten Shire Horse Wallach Hugo striegelte.

Seit einer halben Stunde stand Maria nun schon auf dem Reitplatz und hielt Ausschau. Nur war weit und breit keine Spur von ihrer Enkelin. Es war ein sonniger Morgen, und hätte Maria nicht so gut geschlafen wie schon lange nicht mehr, dann wäre sie schon längst in Mikas Zimmer marschiert und hätte sie höchstpersönlich aus den Federn getrommelt. Doch sie wollte die erste Trainingseinheit nicht gleich mit einem Übermaß an Strenge beginnen, und so entschied sie sich, noch einige Minuten auf Mika zu warten. Schließlich hatte sie ihr gestern ein großes Geschenk gemacht: den einzigen schwachen Hoffnungsschimmer, den es für Kaltenbach noch gab.

Mika war gerade bei Ostwinds Koppel angekommen, wo der Rappe noch friedlich unter der Eiche im Gras lag und schlief. Tau ließ das Gras glitzern, als wäre es mit Zuckerglasur überzogen, und die Amseln zwitscherten fröhlich in dem alten Baum.

Es war ein wunderschönes Bild, fast wie auf einer Kitsch-Postkarte, dachte Mika belustigt und blieb einen Moment am Gatter stehen. Normalerweise hatte sie keine Chance, Ostwind zu überraschen. Er hörte sie immer schon kommen und lief ihr entgegen oder stand bereits am Zaun, um sie zu begrüßen. Andererseits war sie auch noch nie so früh hier aufgetaucht.

Sie gähnte herzhaft und seufzte dann nicht minder herzhaft. Erstens war sie noch todmüde von der abenteuerlichen Nacht, zweitens musste sie zum Training mit ihrer Großmutter, und drittens hatte sie darüber noch nicht mit Ostwind geredet.

Der Hengst hatte nun offenbar ihren Geruch in die Nase bekommen, denn er hob den Kopf aus dem nassen Gras und schnaubte laut zu ihrer Begrüßung.

Mika schwang sich über den Zaun. »Bitte bleib ruhig liegen«, sagte sie lächelnd, als der Hengst sich danach wieder zurückfallen ließ.

Sie kniete sich zu ihm und tastete ihn vorsichtig ab. Zumindest waren keine neuen Wunden dazugekommen, aber sie hätte zu gerne gewusst, wie oder wo Ostwind sich diese Verletzungen zugefügt hatte. Er setzte sich auf und Mika rutschte auf seinen Rücken. So stieg sie am liebsten auf, denn das war mit Abstand die müheloseste Art, aufs Pferd zu kommen. Ostwind stand auf und sie ritt in gemächlichem Schritt über die Wiese in Richtung Gatter.

Mika wusste nicht, wie sie anfangen sollte. Schließlich

legte sie sich auf Ostwinds Hals und flüsterte leise: »Ich weiß, du wirst nicht begeistert sein, aber...«

Ostwind drehte ihr aufmerksam ein Ohr zu, und Mika hatte einmal mehr das Gefühl, dass er jedes Wort verstand.

Sie presste ihre Wange dicht an seinen Hals. »In zwei Wochen sind die Kaltenbach Classics, und ich habe meiner Großmutter versprochen, dass wir beide daran teilnehmen«, sagte sie schnell.

Ostwind blieb stehen, und Mika fuhr fort: »Ein aller-allerletztes Mal. Ich weiß, dass du das kannst. Du hast es schließlich im Blut. Bei mir bin ich da weniger sicher«, fuhr sie zögerlich fort. »Aber ich hatte einfach keine Wahl, wirklich nicht, und jetzt müssen wir da zusammen durch. Wir machen den Zirkus noch einmal mit, damit du hierbleiben kannst. Okay?«

In dem Moment wandte Ostwind seinen Hals und wieherte. Seine schwarzen Ohren drehten sich zum Wald wie das Periskop eines U-Bootes.

»Hallo? Hast du mir überhaupt zugehört?«

Was war nur los mit ihm? Mika setzte sich auf und folgte seinem Blick, doch da war nichts zu sehen, außer Bäumen und nochmals Bäumen. »Also, was ist? Bist du dabei?«, wiederholte sie ihre Frage, doch statt einer Antwort machte der Hengst nun ein paar Galoppsprünge und stieg mit einem ausgelassenen Wiehern auf die Hinterbeine.

Mika kannte ihn und hielt sich souverän mit einem Arm an seinem Hals fest. Sie grinste. Da hatte sie ihre Antwort!

Ostwind verlangsamte sein Tempo, als sie wenig später durch das Tor des Gestüts ritten. Auf dem Hof stand eine Reiterin in voller Montur, die mit seltsamen Verrenkungen gerade versuchte, sich selbst möglichst bildfüllend mit ihrem Handy zu fotografieren.

Mika ritt langsam näher und musste sich das Lachen verkneifen. »Willst du aufs Cover der neuen *Wendy*?«, fragte sie lachend, und Fanny fuhr ertappt herum, grinste aber dabei. Es hatte ihr offenbar Spaß gemacht, diese Verkleidung anzulegen, und sie sah wirklich aus, als würde sie jeden Moment zur Fuchsjagd aufbrechen.

»Das wäre zumindest besser, als frühmorgens schon einer lückenlosen Aufstellung aller Springreiter-Olympiaerfolge seit 1912 lauschen zu dürfen und dabei Sägemehl-Brötchen mit einer schimmelgrünen Schmiere runterzuwürgen, die schmeckt, als hätte sie jemand auch anno dazumal zubereitet!« Fanny war so in Fahrt, dass sie den Schatten nicht sah, der neben ihr immer länger wurde.

»Das war Pâté Crème, eine Delikatesse aus Stockfisch und Dorschleber und sehr beliebt unter Menschen, die keine kulinarischen Banausen sind.« Maria Kaltenbach stand mit unbewegter Miene hinter Fanny, deren Gesicht für einen kurzen Moment gefror. Autsch.

»Und Mika, wo du jetzt auch schon da bist«, fuhr Maria ungerührt fort, »würde ich gerne mit dem Training beginnen, wenn es dir recht ist.«

Fanny machte eine verzweifelte »Geh schon«-Geste und Mika nickte beflissen.

»Natürlich«, sagte sie zu ihrer Großmutter, flüsterte »Bis

später, Wendy!« zu Fanny und lenkte Ostwind den energischen Schritten ihrer Großmutter nach über den Hof in Richtung Reitplatz.

Fanny atmete erleichtert aus und blickte sich dann suchend um. Sam hatte darauf bestanden, ihr heute eine – ihre erste – Reitstunde zu geben, auch wenn sie lieber alles andere gemacht hätte, als auf einen dieser unheimlichen Vierbeiner zu steigen. Nur was?

Das war nun mal ein Reiterhof hier. »Recherche, Recherche, Recherche!«, murmelte Fanny und entdeckte im selben Moment Sam, der ihr fröhlich zuwinkte und ein riesiges Ross am Zügel hielt. Seufzend setzte Fanny sich in Bewegung.

Mika stand mit Ostwind auf dem Reitplatz und die beiden wirkten ziemlich verloren inmitten des professionellen Springparcours. Mika gähnte herzhaft, und Ostwind stand mit gesenktem Kopf und hängenden Ohren da, als wäre er ein Esel im Ruhestand. Beide gaben nicht gerade ein Bild reiterlichen Ehrgeizes ab.

»Zunächst müssen wir ein paar Dinge klären«, sagte Maria Kaltenbach in ihrem gewohnt strengen Tonfall.

Mika nickte, immer noch gähnend. »Kommt nie wieder vor. Morgen sind wir pünktlich. Hoch und heilig.«

Marias Miene blieb ungerührt. »Ich meine nicht deine Verspätung – wobei ich dir da zustimme –, sondern deinen Aufzug. Du siehst aus, als kämst du direkt aus einem Wildwestfilm.«

Sie schwieg einen Moment und fuhr dann ohne den

Hauch eines Lächelns fort: »Und wenn du bei den Classics starten willst, ohne wieder disqualifiziert zu werden, müssen wir uns auf bestimmte Dinge einigen.«

Mikas Miene verdüsterte sich. Sie wickelte Ostwinds Mähne um ihre Finger, dann sagte sie eine Spur zu laut: »Erstens nehmen *wir* an den Classics teil, nicht nur ich, und außerdem...«, sie stockte und rang mühsam ihren Trotz nieder, »...lass ich mit mir verhandeln.«

»Gut, dann brauchst du einen ordentlichen Springsattel, Zaumzeug und Stiefel. Und eine Gerte kann einer professionellen Springreiterin auch nicht schaden.«

Mikas Augenbrauen zogen sich zusammen wie Gewitterwolken. »Keine Gerte und ich behalte meine Schuhe«, erklärte sie ihrer Großmutter mit fester Stimme.

Ostwind schnaubte, als könne er das nur unterstreichen.

»Aber...«, begehrte Maria auf, und für eine Weile feilschten die beiden wie zwei türkische Teppichhändler auf dem Basar.

Bis Maria schließlich nachgab: »Gut, deine Schuhe kannst du zumindest im Training anbehalten. Und auf die Gerte werden wir vorerst verzichten. Obwohl man sehr präzise Hilfen mit ihr geben kann. Man schlägt die Pferde damit ja nicht«, fing sie erneut an, bremste sich aber schnell wieder und ‹hob beschwichtigend die Hände. »Schon gut. Geh satteln und dann sehen wir weiter.«

Als Ostwind und Mika eine halbe Stunde später fast perfekt ausstaffiert zum Reitplatz zurückgetrottet kamen, konnte das Training endlich beginnen. Doch es war ernüchternd.

Maria stand in der Mitte des Platzes und rief Mika Anweisungen zu, während sie Ostwind durch den Parcours ritt. Aber die beiden gaben ein jämmerliches Bild ab. Der Hengst umlief die Hindernisse, verweigerte oder riss die gestreiften Stangen der niedrigsten Sprünge lustlos. Er gab sich einfach keine Mühe, das war deutlich zu sehen, und auch Mika sah man an, dass sie nicht recht wusste, was sie mit den Zügeln in ihren Händen eigentlich anfangen sollte. Sie gähnte immer wieder und hatte Mühe, nicht aus dem Sattel zu kippen.

»Du musst ihn insgesamt mehr versammeln!«, rief Maria über den Platz.

»Wer will sich versammeln?«, murmelte Mika ratlos.

»Halbe Parade! Stell ihn dir nach innen!«

Mika verstand kein Wort. Jede Zelle ihres Körpers meldete: Keine Lust! Keine Lust!, und es brauchte all ihre Kraft, dagegen anzukämpfen. Sie zwang sich zur Ordnung, schließlich hatte sie es versprochen! Sie tat es für Kaltenbach!

»Jetzt den Graben!«, rief Maria, »ich weiß, dass du das kannst!«

Gehorsam galoppierte Mika mit Ostwind auf den Wassergraben zu und versuchte zu tun, was ihre Großmutter sagte. Das Problem war nur: Sie konnte sich vielleicht selbst etwas vormachen – aber Ostwind konnte sie nicht täuschen.

Kurz vor dem Absprung brach der Hengst aus, stieg mit einem frustrierten Wiehern und platschte mitten in das Brackwasser des Grabens. Es spritzte in hohem Bogen und Maria bekam eine saftige Dusche.

Erschrocken sah Mika ihre Großmutter an und duckte sich instinktiv tiefer auf Ostwinds Rücken, bereit für das unvermeidliche Donnerwetter.

Doch nichts geschah. Maria wischte sich ungerührt die Brille sauber. »Wer mit Pferden lebt, ist Dreck gewöhnt. Ein bisschen Schlamm ist noch kein Grund zum Verzweifeln.«

Das Trauerspiel auf dem Reitplatz schon eher. »Wir machen Schluss für heute«, entschied Maria schließlich niedergeschlagen. »Mit der Nummer könnt ihr zwar jederzeit im Zirkus auftreten, für ein ernsthaftes Turnier muss aber noch viel passieren. Morgen ist ja auch noch ein Tag.« Auf ihren Stock gestützt hinkte sie zum Gatter, ohne Mika noch einmal anzusehen.

Mika seufzte schwer, als sie und Ostwind den Reitplatz verließen. Das war einfach nicht ihr Element, dieses Reiten auf Kommando. Und außerdem war sie nun wirklich, wirklich müde. Sie trottete über den Hof in Richtung Sattelplatz, rutschte von Ostwinds Rücken und kämpfte kurz mit den widerspenstigen Schnallen des ungewohnten Sattelgurts. Doch schließlich hatte sie ihr Pferd von allem befreit und Ostwinds Kopf steckte schmatzend in einem Eimer Schrot.

Mika wollte gerade auf einen umgedrehten Eimer neben ihn sinken und sich endlich ausruhen, als Fannys ängstliche Stimme an ihr Ohr drang. Sie drehte den Kopf. Das kam doch... aus der Reithalle?

Mika schlich näher und stieg auf eine blaue Futtertonne, die eben zu diesem Zweck an der Holzbande lehnte, um in die Bahn sehen zu können. Sie spähte in die große Reithalle, in deren Mitte Sam stand. Er hatte Hugo an der Longe, der gemächlich im Kreis trottete wie eine sehr langsame Turmuhr, während Fanny krumm wie eine Banane auf seinem Rücken saß und sich am Sattel festkrallte.

»Nicht loslassen, ja nicht loslassen«, befahl sie Sam, der über beide Ohren grinste.

Er hielt mit gespielter Anstrengung die Longe in der Hand. »Oh, Gefahr, Gefahr, ich kann ihn nicht mehr halten... Achtung!«

Sam öffnete die Finger und die Longe glitt zu Boden.

»Neiiiin!«, quiekte Fanny entsetzt, packte Hugos Mähne mit beiden Fäusten, schloss die Augen und sah aus, als müsste sie jeden Augenblick vor das Jüngste Gericht treten. Das betagte Pferd blieb jedoch nur stehen, senkte den Kopf und äpfelte seelenruhig.

Sam lachte sich schief, und auch Fanny musste mitlachen, als sie sich endlich traute, die Augen wieder zu öffnen.

Mika beobachtete die beiden eine Weile, froh über die kurze Ablenkung. Doch dann holte sie die Gegenwart wieder ein. Die Aufgabe, die vor ihr lag, war so viel schwerer, als sie es sich vorgestellt hatte.

Sie rutschte von der Tonne und stand unschlüssig da, als sich plötzlich eine warme Hand auf ihre Schulter legte. Mika fuhr herum, und Herr Kaan stand hinter ihr. Er lächelte sein seltenes Lächeln und sagte, als hätte er ihre Gedanken gelesen: »Keine Sorge, jeder Tag ist anders.«

Mika blinzelte ihn an. »Haben Sie uns etwa zugeschaut?«

Sie spürte, wie ihr bei diesem schrecklichen Gedanken die Röte ins Gesicht stieg.

Herr Kaan blieb unbewegt. »Du hast selber gesagt: Du musst das nicht alleine machen. Lass dich nicht irritieren, auch nicht von deiner Großmutter und ihren Ansichten. Und lass ihn…«, er zeigte auf Ostwind, »zur Ruhe kommen. Er ist rastlos. Ihr beide seid das.«

Obwohl es ihr peinlich war, dass Herr Kaan ihre erste Trainingsstunde beobachtet hatte, freute sie sich, ihren Meister auf dem Gestüt zu sehen. Er hatte jahrelang keinen Fuß auf Kaltenbach gesetzt, nachdem Maria ihn gefeuert hatte. Aber Mika hatte dafür gesorgt, dass die beiden sich wieder versöhnten.

Sie sah Herrn Kaan an: »Ich weiß. Er ist unruhig«, sagte sie nachdenklich, »und ich weiß immer noch nicht, warum.«

Mika konnte ihr Gähnen nicht mehr unterdrücken.

»Vielleicht solltest du dich auch ausruhen – du kannst ihm keine Ruhe geben, wenn du selber keine hast.«

Mika nickte müde. Herr Kaan hatte recht. Vielleicht musste sie sich einfach mal so richtig ausschlafen.

Tiefe Sorgenfalten gruben sich in Marias Gesicht, als sie nachdenklich im Schatten der großen Kastanie stand und über den kopfsteingepflasterten Hof ihres Gestüts blickte.

Es war wirklich deprimierend wenig Betrieb, dachte sie, als sie die zwei vereinzelten Reiterinnen beobachtete, die sich auf dem Putzplatz gerade zum Ausritt vorbereiteten.

»Ungewohnt still«, bemerkte Herr Kaan, als er neben sie trat. »Die Hitze macht wohl allen zu schaffen.«

Maria nickte knapp. »Wenn es denn die Hitze wäre.«

Herr Kaan antwortete nicht, und sie sahen für einen Moment schweigend über den Hof, auf dem sie so viele Jahre zusammen gearbeitet hatten. Und vielleicht war es die Erinnerung an diese Zeit, in der sie alle Sorgen um den Hof mit ihm geteilt hatte, die Maria nun dazu brachte, ihm ihr Herz auszuschütten.

»Ich hätte nicht so hart zu Michelle sein sollen damals. Sie war eine wirklich erstklassige Reiterin. Ein bisschen zu ehrgeizig, gut, aber ungemein talentiert. Und sie hatte vielleicht nicht ganz unrecht damit, dass Kaltenbach kaum noch mehr ist als ein Ponyhof«, füge sie mit tiefer Bitterkeit in der Stimme hinzu, als die beiden Reiterinnen fröhlich plaudernd an ihnen vorbeiritten.

Herr Kaan schwieg, wie so oft, und Maria sinnierte weiter: »Mit Sicherheit wäre sie jetzt schon im Perspektivkader und Kaltenbach wäre wieder in aller Munde.« Sie machte eine kurze Pause. »Stattdessen geht das Gestüt zugrunde und ich setze alle Hoffnung auf ein trotziges Kind mit einem unberechenbaren Pferd.« Ihre Lippen zitterten.

Herr Kaan fasste sie sanft am Arm. »Du weißt, dass das nicht stimmt. Kaltenbach wird immer Kaltenbach sein, solange du hier bist. Hättest du Michelle hierbehalten, hättest du früher oder später den Preis für ihren ungesunden Ehrgeiz zahlen müssen. Wie bei Hanns damals.« Er schaute sie eindringlich an, doch Maria wich seinem Blick aus.

»Als du ihn soweit hattest«, fuhr Kaan leise fort, »nach all den Jahren, die wir in ihn investiert hatten, hat er dich eiskalt und ohne zu zögern sitzen lassen.«

Marias Züge verhärteten sich. »Er wollte einfach immer nur die besten Bedingungen für seinen Sport, das habe ich ihm längst verziehen. Mir genügt zu wissen, dass er durch mich eine wunderbare internationale Karriere hatte«, sagte sie, und es klang, als habe sie diese Rechtfertigung schon oft wiederholt.

Herr Kaan verstand sie nicht. Wieso wollte sie immer noch nicht wahrhaben, dass ihr bester Schüler damals einen unverzeihlichen Vertrauensbruch begangen hatte?

Er seufzte. Würde sie sich je ändern?

»Gib Mika eine Chance«, sagte er einfach statt einer Verabschiedung, dann drehte er sich um und ging ohne ein weiteres Wort davon.

Maria nickte unbestimmt, doch in ihren Gedanken war sie weit weg. Hanns de Burgh – wie lange hatte sie den Namen schon nicht mehr gehört!

Wie erschlagen lag Mika im Gras und schlief mit offenem Mund wie ein Murmeltier im Januar. Wenige Meter von ihr entfernt stand Fanny im grünen Wasser des Baggersees und kühlte ihr geschundenes Gesäß.

Reiten! Auf was für absurde Ideen manche Menschen kamen!

Aber sie hatte es überlebt. Sie sah zu Mika, die, kaum waren sie am See angekommen, in einen komatösen Dornröschenschlaf gefallen war. Musste nur noch ein Prinz kommen und sie wachküssen. Oder, in Ermangelung eines Prinzen, eben eine gute Freundin und sie wach spritzen.

Mit einem hinterlistigen Grinsen tauchte Fanny beide

Hände ins Wasser und rannte mit einer Baggerladung voll auf Mika zu.

Das Wasser platschte auf Mikas nackten Bauch. Fanny lachte und sprang schnell zurück ins Wasser. Sie drehte sich um, bereit für die unausweichliche Rache, doch Mika hatte sich nicht einmal gerührt. Das konnte doch wohl nicht wahr sein!

Langsam kam Fanny aus dem Wasser und ploppte neben ihrer Freundin ins Gras. Atmete sie überhaupt noch?

Fanny kniete sich neben Mika und versuchte irgendwo am Ellbogen ihren Puls zu fühlen. Doch da war keiner!

»Also, 'ne gute Krankenschwester wirst du nicht«, murmelte eine schlaftrunkene Stimme. Mika hatte ein Auge geöffnet und blinzelte Fanny an.

Fanny warf sich erleichtert neben sie ins Gras. »Dafür habe ich ja wohl andere Qualitäten.«

»Die da wären?«

Fanny lächelte. »Ich bin eine Superfreundin mit viel Verständnis, flexibel und offen für fast alles. Ich habe einen robusten Magen, kann gut alleine bleiben und brauche generell nur sehr wenig Aufmerksamkeit.«

Mikas Mundwinkel schoben sich nach oben. »Klingt, als wärst du das perfekte Haustier.«

Fanny antwortete nicht.

Dass die Freundin auf einen Witz nicht reagierte, ließ Mika aufhorchen. Sie rollte sich auf die Seite und sah sie an.

Fanny lag neben ihr im Gras und blickte in den Himmel.

»Hey! Ich bin dir total dankbar, dass du hier bist. Wirklich. Ich weiß ja, dass du dir was anderes vorgestellt hast.«

Aber Fanny brummte nur. »Hm.«

»Die nächsten beiden Wochen werden echt hart, und ich habe keine Ahnung, wie ich das schaffen soll.«

Endlich drehte Fanny sich zu ihr um. »Musst du ja nicht. Also, musst du schon. Aber nicht alleine.«

Mika lächelte. »Stimmt. Ich hab ja dich. Und Herrn Kaan. Und Sam...«, fügte sie nach einer längeren Pause schläfrig hinzu.

Wieder fielen ihr die Augen zu und wieder kehrten ihre Gedanken zu der letzten Nacht zurück. Zu diesem seltsamen Jungen, den sie nicht richtig einschätzen konnte. »Wir haben ein krankes Pferd«, hatte er gesagt. Milan. Ob er wirklich kommen würde?

Über diesen Gedanken nickte sie ein und hörte nicht mehr, wie Fanny neben ihr zaghaft ansetzte: »Apropos Sam. Wie... also... wie findest du denn... äh... Mika?«

Als sie sah, dass Mika wieder eingeschlafen war, gab Fanny auf. Und war darüber auch gar nicht so enttäuscht, denn das Gespräch konnte gerne noch ein bisschen warten, fand sie.

Endlich schloss auch sie die Augen, spürte die Sonne auf ihrer kühlen Haut und ließ sich von dem Wind einschläfern, der sanft durch die Blätter der großen Bäume strich.

Maria empfing Klaus im grünen Salon. Ein großzügiger Raum mit einem imposanten Kronleuchter, vollen Bücherregalen und einem offenen Kamin, der aber im Hochsommer nicht in Betrieb war. Zwei Sessel standen vor dem großen Fenster und Marianne servierte einen kühlen Eistee.

Der grauhaarige Banker nippte an seinem Glas. Das Gespräch war beiden sichtlich unangenehm.

»Schön, dass du kommen konntest«, sagte Maria.

Klaus lächelte kurz und schaute demonstrativ auf seine Uhr, wie um zu zeigen, dass er nicht viel Zeit mitgebracht hatte.

Maria verstand die Geste: »Ich wollte dir auch nur kurz mitteilen, dass ich nun doch einen Weg gefunden habe... also, dass ich die Zukunftsperspektive für Kaltenbach, von der ihr gesprochen habt, gefunden habe.«

Klaus nickte wohlwollend. »Und die wäre?«

»Ich habe dir doch von meiner wirklich hochtalentierten Enkelin erzählt? Nein? Jedenfalls ist sie zurzeit zu Besuch und hat sich nun entschlossen, für Kaltenbach bei den Classics zu starten. Und zwar auf...«, sie machte eine dramatische Pause, »...Ostwind!«

Klaus sah sie an, gespannt, was noch kommen würde. »Und?«

Maria lächelte unsicher. »Und das heißt, wir haben eine realistische Chance, das Turnier zu gewinnen. Ostwind ist eine kleine Berühmtheit in der Reiterwelt, seine Urgroßmutter, Halla, ist eine wahre Legende. Sie hat 1956 ihren fast ohnmächtigen Reiter Hans Günter Winkler zum Olympiasieg getragen...«, sie stoppte, als Klaus mitleidig den Kopf schüttelte.

»Maria«, sagte er, »ich will dir nicht zu nahe treten, aber ich fürchte, das wird nicht reichen. Selbst wenn Kaltenbach wieder in aller Munde ist, selbst wenn neue Pferde und Aufträge kommen, dann...« Er schaute sie an – es war ihm offensichtlich unangenehm, zu sagen, was er jetzt sagen würde – »...ist das alles ja nicht langfristig. Du bist nicht mehr die Jüngste. Wer wird Kaltenbach führen, wenn du nicht mehr bist? Wo ist da die langfristige Perspektive für unser Geld? Und für deinen Reiterhof?«

Maria hob den Kopf und sah Klaus kühl an. »Kaltenbach ist ein Trainingszentrum, kein Reiterhof. Das ist ein Unterschied, den du offenbar nicht verstehst. Ich danke dir sehr, dass du gekommen bist, aber ich muss jetzt arbeiten.« Sie stand auf.

»Wie gesagt, Maria, ich wollte dir nicht zu nahe treten. Dass Ostwind antreten wird, ist eine gute Nachricht. Wenn er tatsächlich gewinnt, verschafft dir das sicher einen Aufschub. Ich wünsche es dir.«

»Danke. Du findest selber hinaus, nehme ich an?« Und ohne eine Antwort abzuwarten, ging sie davon.

Das Bett sah aus wie eine Mülldeponie nach einem Wirbelsturm: Apfelbutzen, Käserinde, Brötchenbrösel und Karottenenden lagen auf der Matratze verteilt, und Fanny und Mika lehnten zufrieden am Kopfende des Himmelbettes wie zwei satte Katzen auf einer sonnigen Fensterbank. Mikas Großmutter, die heute keinen Appetit gehabt hatte, hatte Marianne freigegeben und den beiden Mädchen erlaubt, den Kühlschrank zu plündern und auf ihrem Zimmer zu picknicken.

»Bin gespannt, ob wir ihn heute Nacht erwischen«, sagte Fanny gerade und biss in eine verirrte Weintraube, die sie auf dem Kopfkissen gefunden hatte. »Sam wollte sogar ein

Blasrohr organisieren, damit wir ihm einen Betäubungspfeil in den Hintern jagen können. Pffft!« Fanny demonstrierte diesen Vorgang übermütig mit ihrem Bleistift.

»Naja...«, Mika biss sich nervös auf die Lippen, dann gähnte sie demonstrativ und eine Spur zu heftig. »Uuuaaaaa. Mann, ich bin soooo müde.«

Fanny sah sie schief an. »Entschuldigung? Ey, du hast den ganzen Tag am See gepennt, du kannst jetzt nicht mehr müde sein. Und wenn doch, hast du die Schlafkrankheit und wir müssen zum Arzt mit dir.«

»Bin ich aber und hab ich nicht. Ich bin nur einfach hundeschweinemüde!« Sie taxierte Fanny verstohlen von der Seite. »Wäre es denn ein großes Problem für dich, wenn ihr heute ausnahmsweise alleine Wache halten würdet? Ich meine, ich finde es wichtig, dass ihr das macht, aber ich bin einfach zu...«

Fanny unterbrach sie. »Müde, ja, schon verstanden.«

Mika hielt gespannt den Atem an, während Fanny nachdenklich aus dem Fenster sah. »Also, wenn es dir nichts ausmacht, ich würde schon gerne. Ich meine, ich habe jetzt schon ziemlich gutes Material für meinen Artikel, da wäre so eine Verbrecherjagd mit Blasrohr quasi das Tüpfelchen auf dem i.« Sie sah Mika nun ihrerseits etwas unsicher an.

»Klar, sicher, für den Artikel«, sagte Mika und konnte sich ein kleines Grinsen nicht verkneifen. Sie hatte den leisen Verdacht, dass Fanny Sam gar nicht mehr so übel fand wie noch vor ein paar Tagen bei ihrer Ankunft.

In dem Moment unterbrach auch schon sein leiser Pfiff

das Gespräch der Mädchen und Fanny sprang zum Fenster. »Hi, bin sofort da«, flüsterte sie aufgeregt, und ihre Augen leuchteten.

Unten im Hof grinste Sam zurück und hielt einen Daumen in die Luft.

Schnell packte Fanny ihr Handy und ihren Block, während Mika sich unter die Decke kuschelte und ein letztes Mal gähnte. »Viel Glück und bis morgen!«

»Und du bist sicher, dass es kein Problem ist, da runterzuklettern?«, fragte Fanny und beäugte das Vordach vor dem Fenster misstrauisch.

»Nö. Pass nur auf, das Moos ist manchmal ein bisschen rutschig«, sagte Mika, doch da hatte Fanny sich schon über das Fensterbrett geschwungen. Das Letzte, was Mika von ihr hörte, war ein Fluchen und ein dumpfer Aufprall.

Ein rötlicher Mond hing riesig über dem Gestüt, als Mika zwei Stunden später leise über den Hof schlich. Sie hatte ihre Turnschuhe an den Schnürsenkeln zusammengeknotet und trug sie über der Schulter, um ja kein Geräusch zu machen.

Fanny und Sam durften sie auf keinen Fall hören, dachte Mika – und stieß prompt im Dunkeln gegen den Fahrradständer. Die drei Räder, die darin steckten, fielen um wie Dominosteine. Mika duckte sich erschrocken und kniff die Augen zusammen. Mist!

Sie wartete auf das Poltern von Schritten auf der Leiter – oder noch schlimmer – das Surren eines Betäubungspfeils in der Luft, falls Sam wirklich einen organisiert hatte. Doch nichts geschah.

Mika öffnete die Augen – und hörte ein leises, brummendes Geräusch. Sie schüttelte mit einem ungläubigen Grinsen den Kopf. Diese beiden Helden!

Das Geräusch kam eindeutig aus dem Heuspeicher und war nichts anderes als Sams und Fannys Synchronschnarchen.

Vorsichtig hob Mika eines der Räder aus dem Fahrradständer und machte sich auf den Weg.

So schnell sie konnte, strampelte sie den holprigen Feldweg entlang. Ihr war schon etwas mulmig zumute, weil sie Sam und Fanny nicht eingeweiht hatte. Außerdem war sie seltsam aufgeregt. Würde Milan tatsächlich auftauchen, oder hatte er das nur gesagt, um unbeschadet davonzukommen?

Immerhin war er ja so was wie ein Einbrecher. Die Nacht erschien ihr plötzlich noch dunkler als die Nacht zuvor, und sie atmete erleichtert auf, als sie endlich die Weggabelung erreichte, wo sie Milan gestern eingeholt hatte. Sie lehnte ihr Fahrrad an eine Gruppe Birken und sah sich erwartungsvoll um. Von Milan weit und breit keine Spur.

Verärgert ließ Mika sich ins Gras fallen, aus dem erschrockene Grillen in alle Richtungen aufstoben. Wie blöd war sie eigentlich gewesen, einem wildfremden Jungen einfach so zu vertrauen?

Immer wieder überprüfte sie die Uhrzeit auf ihrem Handy, und mit jeder Minute, die verging, wurde ihr klarer: Milan hatte sie belogen. Und sie war ihm auf den Leim gegangen!

Zornig köpfte sie ein paar unschuldige Gänseblümchen neben sich, als plötzlich aus der Dunkelheit zuerst ein schwankender Lichtstrahl und dann ein dunkler Lockenkopf auftauchten.

Milan brachte sein klappriges Moped direkt neben ihr zum Stehen und sagte mit einem schiefem Lächeln: »Hallo! Tut mir leid wegen der Verspätung, aber ich musste warten, bis mein Stiefvater ins Bett gegangen war.«

Mika stand auf. »Kein Problem«, log sie, »bin auch gerade erst gekommen.«

Für einen Moment musterten sich beide misstrauisch und Mika spürte ein seltsames Kribbeln im Bauch.

Rasch schüttelte sie das ungewohnte Gefühl ab, und als hätte Milan etwas gemerkt, sagte er schnell: »Wir sollten los. Am besten, du setzt dich hinten drauf.« Er zeigte auf den schmalen Sitz des Mopeds. »Okay?«

Mika zögerte nur einen Moment, bis sie sie sich entschied, ihm zu vertrauen. »Okay«, nickte sie und schwang sich hinter ihn. Das Moped keuchte asthmatisch und dann knatterten sie in die Dunkelheit davon.

Jedes Schlagloch bedeutete einen blauen Fleck mehr für Mikas Hinterteil, die sich mit zusammengebissenen Zähnen an den zerschlissenen Sattel des Mopeds krallte. Sie hätte sich viel besser an Milans Rücken festhalten können, doch das kam nicht infrage.

Sie fuhren einen schmalen Feldweg entlang, bogen in einen anderen ab, der schließlich zu einem Waldweg wurde. Fast zwanzig Minuten fuhren sie nun schon, und Mika wurde immer deutlicher bewusst, dass sie diesem fremden Jungen voll und ganz ausgeliefert war. Sie wusste weder, wo sie war noch wie sie zurückkommen würde.

Schließlich verlangsamte Milan die Fahrt, bog aus dem Waldweg ab, und plötzlich waren sie wieder unter freiem Himmel. Schemenhaft konnte Mika ein Gehöft erkennen, das vor ihnen aus der Dunkelheit auftauchte.

Es lag versteckt mitten im Wald, als wären die Bäume einfach ein Stück zurückgewichen, um ihm Platz zu machen. Sie spürte plötzlich, wie Angst ihr den Rücken hochkroch und ein Zittern durch ihren Körper ging. Irgendwie kam ihr der Ort bekannt vor, nur woher?

Milan stellte den Motor ab, als sie bei einem hohen Tor ankamen. Sie erkannte links und rechts davon einen ebenso hohen Zaun, der mit aufgerolltem Stacheldraht gesichert war.

»Wir müssen leise sein. Mein Stiefvater hat einen sehr leichten Schlaf. Er darf uns auf gar keinen Fall erwischen!«, flüsterte er eindringlich.

Mika nickte schweigend, worauf Milan das Moped hinter einen Baum vor dem Tor schob und es unter ein paar Zweigen versteckte. Dann ging er auf das große Eisentor zu und Mika folgte ihm zögernd. Die feinen Haare auf ihren Armen richteten sich auf. Irgendwas stimmte hier ganz und gar nicht!

Milan schloss das Tor auf und beide schlüpften hinein. Neben dem verwahrlosten Wohnhaus, das gespenstisch still dalag, gab es noch eine große Scheune und eine Garage, die sich windschief ans Haus duckte. Überall bröckelte der Putz, die Scheiben waren vor Dreck ganz dunkel, und die Wiese, die den Hof umgab, war nicht gemäht, das Gras kniehoch. Nur etwas störte das Bild der trostlosen

Verwahrlosung: das große, teure Auto, das vor der Garage geparkt war.

Milan ging voraus, schaute sich aber immer wieder nach Mika um, die sich beklommen umsah. Wenn sie es nicht besser gewusst hätte, dann hätte sie diesen Ort für einen Friedhof gehalten, so still war es hier.

Vor dem Tor der großen Scheune blieb Milan stehen. Unsicher sah er sie an. »Ich tue, was ich kann, okay?«, sagte er fast trotzig, und es klang wie eine Warnung.

»Okay«, sagte Mika, obwohl sie keine Ahnung hatte, was er damit meinte. Wieder konnte sie seine Verzweiflung spüren. Sie hatte kein gutes Gefühl, als sie die Scheune betrat. Aber egal was sie erwartet hatte, mit dem, was sie vorfand, hatte sie in ihren schlimmsten Albträumen nicht gerechnet.

Ein säuerlich-scharfer Geruch war das Erste, was Mika wahrnahm. Er überlagerte den warmen, erdigen Pferdegeruch, den sie so liebte. Langsam gewöhnten ihre Augen sich an die Dunkelheit, und Mika sah, dass das Innere der Scheune notdürftig zu einem Stall umgebaut worden war. Ein Mittelgang, links und rechts hastig zusammengezimmerte Verschläge aus Holz.

Sie hatte zwar in ihrem Leben noch nicht viele Pferdeställe betreten, doch das hier – da war sie sich sicher – war kein Stall. Das hatte nicht die geringste Ähnlichkeit mit dem großzügigen, luftigen Backsteingebäude in Kaltenbach.

In den engen Holzverschlägen drängten sich Pferde mit verfilzten Mähnen und blickten Mika aus trüben Augen ängstlich an. Langsam ging sie durch den schmalen Gang und hatte Mühe, ihre Tränen zu unterdrücken. Das Leid und die Angst, die sie hier spürte, waren fast übermächtig.

Milan schlich mit gesenktem Kopf vor ihr her. Er schien sich zu schämen für das, was Mika hier sah. Sie bemerkte aber auch, dass die Boxen sauber waren und Heu in jeder Futterkrippe hing.

»Was ist das hier? Wer macht so was?«, flüsterte sie endlich fassungslos.

Milan drehte sich zu ihr um. »Mein Stiefvater. Er kauft ausgemusterte Sportpferde, die mal teuer waren und deren Besitzer froh sind, wenn sie noch einen guten Preis für sie kriegen. So ein Pferd kann noch gut zehn Jahre leben, wenn es für den Sport zu alt ist. Oder länger, wenn es nur verletzt war. Keiner von denen fragt nach, was mit den Pferden passiert«, sagte er, und es klang bitter.

Mika sah sich um. »Und was macht er dann mit ihnen?«

Milan zuckte die Schultern. »Wenn sie noch einigermaßen fit sind, verkauft er sie weiter an Typen, die illegale Pferderennen veranstalten. Da werden sie dann bis zur völligen Erschöpfung geritten. Bei Stuten lässt er sie noch mal Fohlen kriegen, die er dann teuer verkaufen kann, weil sie ja einen guten Stammbaum haben. Viele sterben bei der Geburt, weil sie zu krank und zu schwach sind. Ich...«, er hielt inne, und Mika merkte, dass es ihm nicht leichtfiel, darüber zu reden.

Er gab sich einen Ruck. »Ich tue, was ich kann«, wiederholte er. »Aber meistens ist das nicht genug. Hier, wir sind da.«

Sie waren nun am Ende der schmalen Gasse angekommen. Hier war eine Box, die etwas größer war als die anderen. Die Tür bestand aus auf den Rahmen genagelten Holzbrettern, und der Gestank, der ihnen daraus entgegenschlug, war heftig. Milan trat zurück und ließ Mika vorbei. Vorsichtig beugte sie sich vor, lugte durch eine der Ritzen und sah, in die Ecke des Verschlags gedrängt, ein weißes Pferd.

Eine Stute.

Mit gesenktem Kopf und teilnahmslos hängenden Ohren stand sie reglos da. Mika spürte die absolute Hoffnungslosigkeit, die wie eine düstere Wolke über diesem Pferd hing. Ihr eigentlich weißes Fell war stumpf, schmutziggrau und durchzogen von blutigem Schorf, der sich an ihrem Bauch verdichtete.

Milan zog die Tür geräuschvoll auf, doch die Stute rührte sich kein Stück.

Langsam trat Mika näher und berührte den Schimmel vorsichtig am Hals. Dann legte sie eine Hand auf den Rücken des Pferdes, fühlte das stumpfe, verklebte Fell unter ihrer Hand und musste wieder mit den Tränen kämpfen.

Sie biss die Zähne zusammen. »Was ist dir denn passiert?«, fragte sie mit sanfter Stimme, doch die Stute zeigte keinerlei Regung.

Milan sah sie nicht an, während er sprach: »Sie ist ein Galopper. Hatte sich übel am Bein verletzt. Ich hatte sie schon voll aufgepäppelt, aber als ich sie vor zwei Wochen kurz rauslassen wollte zum Grasen, da ist sie mir abgehauen. Sie war eine ganze Nacht lang weg, und als mein Stiefvater sie endlich wieder eingefangen hatte...« Er schluckte, »...siehst du ja selber. Er hat 33 windelweich geprügelt.«

»33?«, fragte Mika verständnislos.

»Die Pferde bekommen nur Nummern«, erklärte Milan leise. »Sie sind eh nie lange hier... und da macht es keinen Sinn, ihre Namen zu kennen. Sagt er.«

Ein kalter Schauer lief Mika über den Rücken. So stellte sie sich die Hölle vor. Sie beugte sich zu der Stute, um ihre Verletzungen näher zu untersuchen. Unbewegt stand sie da, Fliegen schwirrten um ihre Augen.

Mika kramte ein Stück Karotte aus ihrer Tasche und hielt es ihr hin, aber keine Reaktion. Kein Schnauben. Kein Blick. Nichts.

Aber das hatte Mika auch nicht erwartet. Sie verstand. Das Pferd hatte sich komplett aufgegeben.

»Und die Medikamente hast du für sie geklaut?«, fragte sie behutsam.

Milan nickte beschämt. »Ja. Aber ich habe keine Ahnung, welche ich brauche. Bis jetzt scheint nichts zu helfen.«

»Was hat sie... Huaaa!« Mika, die das Pferd vorsichtig abgetastet hatte, stieß einen erschrockenen Laut aus und zog ihre Hand zurück.

Milan sah sie alarmiert an. »*Leise*, bitte, sonst wird er noch wach.«

Mikas Finger hatten etwas Feuchtes, Klebriges berührt. Sie bückte sich und fand etwas Erschreckendes: eine tellergroße, entzündete Wunde, die am unteren Bauch der Stute klaffte. Weiße Larven wanden sich durch das eiternde Fleisch.

Mika hatte Mühe, sich nicht zu übergeben. Sie fuhr zu Milan herum. »Sie braucht sofort einen Tierarzt!«

Mit versteinerter Miene schüttelte er den Kopf: »Vergiss es. Vorher erschießt er sie.«

Mika strich der teilnahmslosen Stute liebevoll über die Stirn. Sie beugte sich ganz nah zu ihr: »Ich besorge was, das dir helfen wird, okay? Okay?«

Die Stute bewegte sich nicht, doch Mika spürte, dass sie Kontakt bekam. Sie hielt ihr eine Hand unter die Nüstern und spürte, wie das Pferd ihren Geruch einsog, sah ein Ohr zucken.

Doch plötzlich erhellte ein Lichtstrahl das Scheunenfenster und eine raue Stimme brüllte über den Hof: »Milan!«

Angst flackerte über Milans schmales Gesicht. »Du musst verschwinden, schnell! Und du darfst niemandem sagen, dass du hier warst, okay? Niemandem. Schwöre!«

»Okay, ich schwöre, aber...« Noch bevor Mika verstand, was geschah, schubste Milan sie aus der Box. Unsanft zerrte er sie am Arm zu einer Tür im hinteren Teil der Scheune.

»Hey, warte mal!«, sagte Mika überrumpelt, als er sie ins Freie schubste. »Lauf am Zaun entlang, bis zum Tor. Ich hab es offen gelassen!«, war alles, was er ihr noch zuflüstern konnte, dann flog die Tür auch schon ins Schloss und Mika war plötzlich allein. Mitten in der Nacht, und nur der Himmel wusste, wo.

Wie ein Hase rannte Mika geduckt an dem hohen Maschendrahtzaun entlang, bis sie das Tor fand und hinausschlüpfen konnte. Unschlüssig blieb sie stehen und sah sich um.

Der Mond war verschwunden und Wind war aufgekommen. Aus der Ferne hörte sie leises Donnergrollen. Für einen Moment erleuchtete ein noch weit entfernter Blitz die Dunkelheit.

Mika erkannte in seinem Licht den alten, rostigen Briefkasten, der direkt neben ihr auf einem Holzpfahl befestigt war. Er war mit verwitterten Buchstaben aus Metall schlampig beschriftet, und im nächsten Wetterleuchten konnte sie auch den Namen lesen, der darauf stand: KARL J. UNGAR – SPORTPFERDEZUCHT.

Mika hielt sich die Hand vor den Mund, um nicht laut aufzuschreien. Kopflos stürzte sie los, so schnell sie konnte, bloß weg von hier. Sie wurde erst langsamer, als sie im Schutz des Waldes angekommen war und sich keuchend an einem Baumstamm festhalten musste, um nicht hinzufallen.

Sie versuchte, zu Atem zu kommen und presste eine Hand in die Seite, wo sie ein brennendes Stechen spürte. Ungar!

Hier war sie also. Hier wohnte der Mann, den alle nur beim Nachnamen nannten. Vor dem sich jeder, der mit Pferden zu tun hatte, zu fürchten schien. Nicht ohne Grund, wie Mika jetzt wusste.

Ihr wurde fast schwindelig bei dem Gedanken, dass Ostwind um ein Haar hier gelandet wäre und dass er jetzt eines dieser hoffnungslosen Pferde in seinem schrecklichen Stall sein könnte. Schließlich hatte Mikas Großmutter ihn im letzten Sommer schon an den Ungarn verkauft gehabt, doch Ostwind war aus dem Hänger ausgebrochen und zu Mika zurückgekommen.

Mika hatte immer angenommen, der Ungar sei einfach ein Pferdemetzger – doch nun wusste sie, dass es noch viel schlimmer war. Und schon schoss ihr ein weiterer Gedanke wie ein Blitz durch den Kopf: Karl Ungar war außerdem Milans Stiefvater.

Mika sank auf einen Baustumpf und versuchte, ihr wild klopfendes Herz zu beruhigen. Der nächtliche Wald war ihr plötzlich viel unheimlicher als noch vor einer halben Stunde. Unbekannte Geräusche drangen aus den Bäumen und die Feuchtigkeit des Grases kroch unter die Beine ihrer Jeans. Aber das Schlimmste war: Sie hatte keine Ahnung, wie sie von hier aus jemals wieder nach Kaltenbach finden sollte.

Verzweifelt sah Mika sich um. Wie konnte sie nur so blöd sein? Und warum hatte sie nicht wenigstens ihr Handy mitgenommen?

Panik griff ihr mit eisiger Hand in den Nacken, ihre Gedanken vernebelten sich… *Sie würde nie wieder nach Hause finden! Sie würde ihre Familie, Fanny und Sam nie wiedersehen. Und Ostwind…*

Mika vergrub den Kopf in ihren Händen und schluchzte verzweifelt. Der Wald warf ihr Schluchzen als seltsames Echo zurück. Oder was war das für ein Geräusch?

Zuerst spürte sie nur ein leises Vibrieren des Waldbodens. Ungläubig hob sie den Kopf, doch nun war es deutlich zu hören, ein rhythmisches Trommeln, knackende Zweige, und dann ertönte ein vertrautes, rufendes Wiehern.

Mika sprang auf, und jetzt sah sie ihn: ein dunkler Schatten, der durch die Bäume auf sie zu jagte. Ostwind!

Erleichtert lief Mika dem Hengst entgegen, der sie freudig empfing. Er musste über das Gatter gesprungen sein und sie gesucht haben. Und gefunden!

Überglücklich schmiegte Mika ihr nasses Gesicht an sein warmes Fell und fühlte sich sofort getröstet. »Woher wusstest du das? Wie kommst du hierher?«, murmelte sie immer wieder.

Ostwind schnaubte leise und wartete geduldig, bis Mika sich beruhigt hatte. Dann kletterte sie auf den Baumstumpf, auf dem sie eben noch gesessen hatte, und von dort auf Ostwinds Rücken. »Bring uns heim, okay?«, flüsterte sie erschöpft.

Ostwind zögerte nur einen Moment lang, dann drehte er sich um und trug Mika behutsam durch den dunklen Wald zurück nach Kaltenbach.

8. Kapitel

Am nächsten Morgen war der Himmel grau und Regen trommelte gegen die großen Fensterscheiben im Salon des Gutshauses. Maria Kaltenbach saß, verborgen hinter der Tageszeitung, an dem langen Esstisch.

Am anderen Ende war Mika gerade damit beschäftigt, ein steinhartes Hörnchen in Milch einzuweichen, während sie gedankenverloren das trübe Wetter beobachtete. Die letzte Nacht steckte ihr noch in den Knochen. Sie hatte kaum geschlafen, denn jedes Mal, wenn sie die Augen zumachen wollte, sah sie wieder die trostlosen Bilder aus dem Stall des Ungarn. Sie hatte an Milan gedacht und seinen verzweifelten Kampf um 33 und…

»Guten Morgen«, ertönte es in dem Moment, und Fanny ließ sich neben Mika auf den Stuhl fallen.

»Guten Morgen«, murmelte es hinter der Zeitung, und Mika sah ihre Freundin fragend an.

»Und?«, formte sie tonlos mit den Lippen, und Fanny flüsterte zurück: »Ist nicht aufgetaucht, denke ich. Könnte auch sein, dass wir ganz kurz mal eingenickt sind.«

Mika grinste in sich hinein, als Fanny herzhaft gähnte und dann misstrauisch den Brotkorb beäugte. »Sieht ja eigentlich alles ganz harmlos aus, bis man es zwischen den

Zähnen hat«, flüsterte sie und nahm etwas, das mit viel Fantasie aussah wie eine Brezel. »Und du? Albträume?«

Mika schüttelte schnell den Kopf. »Nö.«

Es fühlte sich komisch an, Fanny nichts von letzter Nacht zu erzählen, aber sie hatte es Milan versprochen und Mika hielt ihre Versprechen, auch wenn es schwerfiel.

Fanny biss munter in ihre Brezel, die so laut knackte, dass die beiden Mädchen kichern mussten. »Au-a!«

Fanny hielt sich die Wange. »Zum Glück hab ich keine Milchzähne mehr«, kicherte sie, als sich plötzlich die Zeitung am Kopfende senkte und sie verstummen ließ.

»Kinder«, sagte Maria Kaltenbach und faltete ihre Zeitung entschieden zusammen. »Angesichts des etwas ungünstigen Wetters schlage ich vor, dass wir heute eine Trainingspause einlegen und stattdessen einen Ausflug machen. Eine Exkursion sozusagen.« Sie sah die Mädchen erwartungsvoll an.

Die Mädchen blickten erwartungsvoll zurück.

Nach einiger Zeit wagte Fanny zu fragen: »Äh, wohin denn?«

Maria blinzelte irritiert. »Ach so. Natürlich. Zum CHIO.«

Fanny und Mika tauschen einen verwirrten Blick. »Wer ist denn dieser Chio?«

»Das steht für ›Concours Hippique International Officiel‹«, erklärte Maria Kaltenbach und lächelte wohlwollend. »Und? Was sagt ihr?«

Wirklich schlauer waren die Mädchen jetzt auch nicht.

»Also, das klingt wirklich irre verlockend, aber ich wollte …«, stammelte Fanny, »… ich meine, ich muss *drin-*

gend mit der Recherche für meinen Wettbewerbsartikel anfangen. Ich muss ihn nächste Woche abgeben und habe noch keine wirklichen... AUA! HEY!«

Mika hatte sie unter dem Tisch kräftig in die Wade getreten, doch es war zu spät.

»Bedauerlich, aber verständlich«, entschied Maria und wandte sich hocherfreut zu Mika. »Dann fahren wir also nur zu zweit! Und du bekommst Gelegenheit, die Crème de la Crème des Springsports persönlich kennenzulernen.«

»Also, eigentlich...«, druckste Mika herum und suchte hektisch nach einer Ausrede – doch ihre Großmutter war im Geiste schon aufgebrochen.

»Wunderbar, dann frühstückst du jetzt in aller Ruhe zu Ende und wir treffen uns in fünf Minuten am Auto.« Damit erhob sie sich, legte die Zeitung neben ihren Teller und verließ den Salon.

Fanny sah Mika entschuldigend an. »Tut mir leid. Bei aller Liebe... und das mit dem Artikel stimmt ja auch wirklich«, sagte sie kleinlaut.

»Jaja, schon gut. Ich war einfach nicht schnell genug«, seufzte Mika und wollte gerade aufstehen, als ihr Blick auf einen Bericht in der Zeitung fiel, den ihre Großmutter so interessiert gelesen hatte. »*Großmeister des Springreitens gibt Abschiedsvorstellung – Hanns de Burgh letztmalig beim CHIO Aachen.*«

Wenig später saß Fanny in Mikas Zimmer vor einem leeren Bildschirm und schaute mit schriftstellerischer Miene aus dem Fenster. Wie sollte sie ihren Artikel nur beginnen? Und um was sollte es überhaupt gehen?

Sie tippte probeweise: »Zwei Wochen Mist.« Hm, nee, das klang nicht besonders ansprechend. Seufzend löschte sie die Überschrift wieder. Dann eben doch weiter nachdenklich aus dem Fenster starren. Irgendwas würde schon passieren. Doch sie sah nur Mika, die aus dem Haus trat, sich umblickte und dann zielstrebig auf Tinka zueilte, die gerade aus der Sattelkammer kam.

Mika beeilte sich, Tinka einzuholen, die ihren Putzkoffer auf ihr Fahrrad hievte und gerade aufsteigen wollte.

»Tinka! Warte mal!«

Tinka blieb stehen. »Ja?«

Mika zögerte. Plötzlich wusste sie nicht recht, wie sie anfangen sollte. »Also... dein Vater ist doch Tierarzt und du hast ja auch schon jede Menge Ahnung von Pferden. Und ich, also, ich bräuchte einen Rat, also nur theoretisch. Ich habe nämlich einen... Cousin und der wiederum hat eine Freundin, deren Tante ein krankes Pferd hat.«

»Was hat es denn?« Tinkas Augen blitzten interessiert. Sie hatte offenbar keinerlei Mühe, diesen komplizierten Beziehungsverhältnissen zu folgen.

»Es hat eine große offene Wunde am unteren Bauch.«

»Wie groß ist die Wunde? Theoretisch?«, fragte Tinka. Mika zeigte mit ihren Händen eine etwa fußballgroße Fläche. »Theoretisch etwa so.«

Tinka nickte nachdenklich: »Ist sie infiziert? Also, eitert sie oder sind – theoretisch – schon Fliegeneier drin? Oder sogar kleine Larven?«

Mika nickte beklommen. »Also, was kann mein Cousin jetzt machen?«

Tinkas Gesicht verdüsterte sich. »Er kann seiner Freundin sagen, dass sie ihrer Tante sagen soll, dass das Pferd ganz schnell einen Tierarzt braucht.«

»Und wenn das theoretisch nicht ginge – was bräuchte er ... äh ... die Tante dann so an Medizin?«

Tinka sah Mika einen Moment lang forschend an. Dann drehte sie sich auf dem Absatz um. »Schwierig zu erklären. Komm mit, ich zeig's dir.«

In der Futterkammer ging sie zielstrebig zu dem großen Metallspind. Sam hatte ein neues, größeres Schloss daran befestigt, das Tinka nun öffnete. »2-6-0-4«, murmelte sie betont laut die Zahlenkombination mit.

Sie wollte die Tür gerade öffnen, als Mika Tinkas Hand zurückhielt. »Äh, Moment –«, sagte sie und rüttelte vorsichtig an der Schranktür. Im Inneren hörte man ein böses Schnalzen, als zwei Mausefallen gleichzeitig zuschnappten.

Tinka sah Mika verdattert an. »Mäuse im Medikamentenschrank?«

Mika nickte ernst. »Ratten. Wahrscheinlich drogensüchtig.«

Tinka zuckte die Schultern, öffnete den Schrank und zog dann mit geübtem Griff eine Schachtel nach der anderen heraus.

»Zuerst Ivermectin, gegen den Larvenbefall.« Sie feuerte die weiteren Instruktionen hinterher wie ein Maschinengewehr: »Damit die Wunde spülen, und zwar gründlich und stündlich! Dann muss es auf jeden Fall eine Wurmkur bekommen. Dafür braucht man diese Paste. Und Vitamine! Das hier ist eine Aufbaukur für das Immunsystem, die man eine Woche lang einmal täglich spritzen muss. Antibiotika bräuchte es natürlich auch, aber die kann ihm nur ein Tierarzt geben.«

Tinka holte kurz Luft, und Mika wurde fast schwindelig, als sie versuchte, sich die Packungen und Dosierungen einzuprägen.

»Alles natürlich rein theoretisch – weil das Pferd wirklich zum Tierarzt muss!«, fügte Tinka nachdrücklich hinzu.

In dem Moment fuhr der Geländewagen des Gestüts vor dem Stall vor und hupte ungeduldig. Mika warf einen letzten Blick auf die Medikamente in Tinkas Hand. »Natürlich. Danke! Ich sage es meiner Cousine!«, sagte sie eilig und lief davon.

Tinka sah ihr nach. »War zwar ein Cousin, aber ist ja auch nur theoretisch.«

Beethovens neunte Sinfonie dröhnte so laut aus dem Autoradio, dass Mika kaum ihre eigenen Gedanken hören konnte. Ihre Großmutter neben ihr wippte im Takt mit, voll Vorfreude auf das große Turnier, das sie erwartete. Mika blickte frustriert aus dem Fenster in den Regen, der immer noch aus tiefen grauen Wolken auf die grünen Koppeln fiel.

Ausgerechnet heute musste sie zu diesem langweiligen Turnier! Warum wollte ihre Großmutter nur nicht verstehen, dass Mika sich nicht für diese Art des Reitens interessierte?

Aber es gehörte wirklich nicht zu den primären Eigenschaften ihrer Großmutter, Menschen zu verstehen, die nicht genauso waren wie sie selbst.

Mika seufzte. Was Milan wohl gerade machte? Hatte er Ärger bekommen gestern? Würde sie alleine wieder zum Hof des Ungarn finden?

Denn auch wenn das der letzte Ort war, zu dem es Mika jetzt hinzog, sie hatte es 33 versprochen und sie würde wiederkommen.

»Das wird ein einmaliges Erlebnis werden!«, bemerkte Maria, als Beethoven eine kurze Verschnaufpause einlegte.

»Hmmm«, nickte Mika unbestimmt, und dann fiel ihr etwas ein. »Oma? Wer ist eigentlich dieser Ungar? Also, wer genau?«

Maria sah Mika überrascht an. Hinter ihnen hupte es laut, denn sie war bei der Erwähnung dieses Namens unwillkürlich langsamer geworden.

Schnell trat sie wieder aufs Gaspedal, während sich ihre Züge verhärteten. »Der Ungar ist ein trauriges Kapitel im Pferdesport, das sich leider nicht immer vermeiden lässt«, sagte sie ernst – und wollte damit das Thema offensichtlich beilegen.

Mika fragte dennoch weiter: »Er ist gar kein Ungar, oder?«

Maria schüttelte unwirsch den Kopf. »Nein. Das ist sein Nachname und ein sehr unglücklicher dazu. Die Ungarn lieben Pferde«, sagte sie unwirsch, »Herr Ungar dagegen...«

Das Ende des Satzes blieb unausgesprochen, doch Mika ließ nicht locker: »Was macht er denn mit den Pferden, die man ihm verkauft? Was wäre mit Ostwind passiert?«

Mikas Stimme klang scharf. Die Vorstellung von Ostwind im Stall des Ungarn war unerträglich,

Für Maria schien das Thema jedoch erledigt zu sein. »Je weniger man darüber weiß, umso besser«, sagte sie bestimmt. Und damit drehte sie am Regler des Radios, bis »Freude schöner Götterfunken« jede weitere Frage unmöglich machte.

Das »Weltfest des Pferdesports«, wie das haushohe Transparent über dem Eingang verkündete, war bereits in vollem Gange, als Maria Kaltenbach das Auto auf den riesigen Parkplatz des Turniergeländes steuerte.

Mika stöhnte innerlich, als sie die Menschenmasse sah, die sich dort tummelte. »*Wir begrüßen Sie herzlich zum Großen Preis von Aachen, liebe Pferdefreunde, und bitten Sie, Ihre Plätze einzunehmen. Bitte verzichten Sie auf Blitzlicht beim Fotografieren!*«, dröhnte der Lautsprecher zu ihnen herüber.

Mika hatte fast Mühe, mit ihrer Großmutter Schritt zu halten, die sich trotz ihrer kaputten Hüfte erstaunlich schnell durch die Menge schlängelte.

Glücklicherweise reihte sie sich nicht in die endlos lange Schlange vor dem Haupteingang ein, sondern führte sie zielstrebig zu einem Seiteneingang, über dem diskret »Gästeeingang« stand und der von einer uniformierten Frau bewacht wurde.

Offenbar war ihre Großmutter nicht zum ersten Mal hier, dachte Mika, als diese ein paar Worte mit der Sicherheitsbeamtin wechselte, die daraufhin lächelnd beiseitetrat.

Und dann befanden sie sich auch schon mitten auf dem Turniergelände. Nach einer endlosen Wanderung an einer Vielzahl von nummerierten Treppenaufgängen vorbei kamen sie endlich an ihrem Tribünenblock an.

Mika atmete erleichtert auf, als sie die letzten Stufen hochkletterte. Sie senkte den Blick, und was sie dann sah, verschlug ihr doch den Atem: Das riesige Stadion war bis auf den letzten Platz besetzt. Alle Augen waren auf die Mitte gerichtet, wo ein Springparcours aufgebaut war, wie Mika ihn noch nie vorher gesehen hatte.

Jede Hürde war ein eigenes kleines Kunstwerk. Ein glänzender Apfelschimmel verließ gerade den Platz und seine Reiterin klopfte ihm unter dem Applaus des Publikums stolz auf den Hals.

Eine elektrisierende Spannung lag in der Luft. Maria strahlte glücklich, als sie Mikas verblüfftes Gesicht sah. Souverän bewegte sie sich durch die vollbesetzten Reihen der Ehrentribüne, von der aus man den besten, freiesten Blick in die Arena hatte. Hier und da begrüßte sie jemanden und mindestens ebenso viele Menschen kannten hier offenbar auch ihren Namen.

»Maria Kaltenbach!«, rief ein eleganter älterer Herr, als sie an ihm vorbeikamen. »Welch edler Glanz in meiner armseligen Hütte!«

Maria lächelte bescheiden und schüttelte herzlich seine Hand. Er reichte ihr ungefähr bis zur Schulter. »Danke, Joseph. Ich freue mich auch. Das ist übrigens...«, doch weiter kam sie nicht, denn in dem Moment kündigte der Stadionsprecher den nächsten Reiter an.

Maria nickte Joseph wohlwollend zu und schob Mika zu ihren Plätzen, von wo aus sie den weiteren Verlauf der Prüfung verfolgten.

Schließlich stand der Parcours für das Stechen in der Bahn, das den Sieger ermitteln würde. In der Luft lag eine Mischung aus Vorfreude und Anspannung, als der Stadionsprecher die einzelnen Starter ankündigte. »*Und jetzt, meine Damen und Herren, kommt der Reiter, auf den wir heute alle warten. Fünfmal hat er dieses Turnier gewonnen. Heute feiert er hier seinen Abschied vom aktiven Sport. Bisher fehlerfrei an allen Prüfungstagen, begrüßen Sie mit mir Hanns de Burgh auf Rock 'n' Roll.*«

Frenetischer Applaus setzte ein, als sich die Menschenmenge auf der Tribüne geschlossen erhob. Mika sah einen hochgewachsenen Reiter auf einem glänzenden Fuchswallach in die Arena traben. Sie hielt unbewusst die Luft an, so eindrucksvoll war das Bild.

Hanns de Burgh zog seine Kappe vor der Menge, die ihn immer noch lautstark beklatschte. Auf einer großen Leinwand konnte man sein Gesicht in Nahaufnahme sehen, doch er lächelte nicht, sondern schien völlig fokussiert auf sein Pferd und die Aufgabe, die nun vor ihm lag.

Aus den Augenwinkeln sah Mika ihre Großmutter, die so tat, als habe sie etwas im Auge, das sie energisch fortwischen musste. Doch Mika hatte die Träne trotzdem gesehen.

Das Startläuten ertönte und Hanns de Burgh galoppierte geschmeidig an. Mika musste sich immer wieder daran erinnern zu atmen, so fasziniert war sie von dem Anblick des majestätischen Pferdes, das scheinbar mühelos über die Hindernisse flog, in perfekter Harmonie mit seinem Reiter.

Es war, als würden sich beide zu einem Rhythmus bewegen, den nur sie spüren konnten. Bei diesem Gedanken musste Mika unwillkürlich lächeln: Das Gefühl kannte sie nur zu gut.

Hanns de Burghs Ritt wirkte völlig kontrolliert und gleichzeitig völlig natürlich. Kaum hatten die beiden das letzte Hindernis genommen, setzte tosender Beifall ein. Es schien, als wären sich die Zuschauer einig, soeben Zeugen eines einmaligen Erlebnisses geworden zu sein.

Nur Mika war so versunken in seinen Anblick, dass sie gar nicht bemerkt hatte, dass er schon am Ziel angekommen war. Der Fuchs galoppierte eine Ehrenrunde und nun endlich – so sah man es auf der großen Leinwand – lächelte auch Hanns de Burgh.

»*Was für eine Vorstellung!*«, dröhnte der Lautsprecher über den tosenden Applaus. »*55,61 Sekunden, fehlerfrei, bisherige Bestzeit in diesem Stechen und damit ein mehr als ehrenvoller Abschied für unseren Fliegenden Holländer – wenn er es sich nach dieser atemberaubenden Leistung nicht doch noch einmal überlegt*«, schwadronierte der Stadionsprecher über ihren Köpfen.

Hanns de Burgh winkte ein letztes Mal ins Publikum, und für eine Sekunde dachte Mika, er hätte ihr direkt in die Augen geschaut. Ihrer Großmutter ging es offenbar ebenso, denn sie hatte die Hand gehoben.

»Hast du das gesehen?«, fragte Mika verwirrt. »Ich könnte schwören, der hat uns zugewinkt.«

Maria drehte sich lächelnd zu ihr. »Das hat er auch.«

Mika sah sie ungläubig an. »Du... kennst den?«

Maria nickte ernst. »Allerdings. Und jetzt, liebe Enkeltochter, werde ich ihn dir vorstellen.«

Auf dem Weg zum Abreiteplatz erzählte Maria Mika die Geschichte ihres berühmtesten Schülers. Wie er vor 35 Jahren plötzlich auf Kaltenbach aufgetaucht war. Er war damals erst 13 Jahre alt, seine Eltern waren gerade aus den Niederlanden nach Deutschland gezogen. Sie wohnten ganz in der Nähe des Gestüts, und da sie nicht viel Zeit für ihren Sohn hatten, stromerte Hanns oft tagelang durch die Gegend.

Maria tat er leid, also nahm sie sich des stillen Jungen an. Wann immer sie eine Stunde übrig hatte, gab sie ihm Reitunterricht – erst nur zum Spaß, doch schon bald entdeckte sie, dass er ein außergewöhnliches Talent besaß. Er war außerdem ungewöhnlich ehrgeizig, und so ritt er schon vier Jahre später für Kaltenbach Turniere und gewann alles, was es zu gewinnen gab.

»Hanns hatte ein Talent für Pferde – und besonders fürs Springen«, sagte Maria bewegt. »Reiten ist ein Talent, das man hat oder nicht, weißt du. Bis zu einem gewissen Punkt kann man es lernen, wie Singen oder Malen auch, aber was nach diesem Punkt kommt, ist die Kategorie *außergewöhnlich*. Das ist mir in meinem Leben bisher nur zweimal begegnet.«

Mika biss sich schuldbewusst auf die Lippe. »Das mit Michelle tut mir leid. Das wäre nie passiert, wenn ich nicht...«

Maria blieb stehen und legte ihrer Enkelin die Hand auf

die Schulter. Sie sah sie ernst an. »Ich rede nicht von Michelle. Ich spreche von dir.«

Mika schluckte. Die ersten 13 Jahre ihres Lebens war es ihr einziges Talent gewesen, keines zu haben. Ihre Mutter und ihr Vater waren erfolgreiche Physiker, doch Mika hatte schon Schwierigkeiten mit dem kleinen Einmaleins gehabt. In der Schule hielt sie sich nur mit Mühe und Not über Wasser und hatte sich immer sehnsüchtig gefragt, wie es sich wohl anfühlte, irgendetwas richtig gut zu können. Ein Talent zu haben.

Doch jetzt, als sie den erwartungsvollen Ausdruck auf dem Gesicht ihrer Großmutter sah, erschien es ihr gar nicht mehr so wunderbar. Es fühlte sich schwer an, drückend, wie eine Last.

Sie wusste nicht, was sie erwidern sollte – aber glücklicherweise musste sie das auch gar nicht, denn in diesem Augenblick kamen die beiden Security-Männer, die den Zugang zum Abreiteplatz bewachten, auf sie zu geschossen wie zwei kläffende Wachhunde an zu kurzen Ketten und sahen nicht so aus, als wenn sie Maria und Mika einfach vorbeilassen würden.

»Immer schön langsam, Oma! Für Bodenpersonal ist hier kein Zutritt. Nur mit Sonderausweis«, fügte der Sicherheitsmann hinzu und lächelte spöttisch auf Maria herab.

»Was erlauben Sie sich!« Mika wollte ihre Großmutter gerade weiterziehen, als plötzlich der Herr von der Tribüne hinter der Absperrung auftauchte. »Maria? Was ist hier los?«

Er wandte sich an die beiden Gorillas, denen er ungefähr bis zum Bauchnabel ging: »Wissen Sie nicht, wer das ist?«, wies er sie zurecht. »Das ist Maria Kaltenbach, eine der begnadetsten Springreiterinnen, die dieses Land je gesehen hat. Die nicht nur dieses Turnier hier schon zweimal gewonnen hat, und zwar...«, er stockte.

»1968 und 1970«, half Maria flüsternd aus.

»Genau, 1968 und 1970, sondern die auch 1972 bei den Olympischen Spielen Einzel- und Mannschaftsgold errungen hat! Also, lassen Sie sie, in Gottes Namen, sofort durch.«

Nach dieser Nachhilfestunde des Turnierleiters wichen die beiden Männer ehrfürchtig zur Seite und ließen Mika und ihre Großmutter passieren.

»Danke, Joseph!«, sagte Maria liebenswürdig, woraufhin Joseph sie anstrahlte wie ein verliebter Teenager und ihr einen unterwürfigen und viel zu langen Handkuss gab.

Mika musste sich ein Kichern verkneifen.

»Das ist übrigens meine Enkelin«, sagte Maria schnell und schob Mika schützend vor sich.

Mika machte einen Hofknicks und grinste den Mann an. »Hocherfreut.«

Josephs rote Backen glänzten. »Ganz meinerseits, ganz meinerseits. Deine Großmutter ist immer noch genauso schön wie vor vierzig Jahren! Sie ist wirklich keinen Tag älter geworden«, fügte er hinzu und sah Maria schmachtend an, die unsicher lächelte und tatsächlich leicht errötete.

»Oma, kommst du jetzt *endlich*?«, quengelte Mika in ihrer besten Nölstimme, denn sie hatte das sichere Gefühl, dass ihre sonst so taffe Großmutter sich gerade nicht zu helfen wusste.

Und tatsächlich atmete Maria erleichtert auf. »Ich komme ja schon. Bis später, Joseph. Du weißt ja, wie Kinder sind...« Hastig ergriff sie Mikas Arm und zog sie schnell davon.

Joseph sah ihnen mit verliebtem Blick hinterher. »Bis später?«, säuselte er hoffnungsvoll – doch da waren Maria und Mika schon im Gedränge untergetaucht.

»Danke«, sagte Maria, als sie in sicherer Entfernung waren, und lächelte Mika an. »Er ist nett, aber eben leider auch...«

»Sehr, sehr *klein*?«, vollendete Mika ihren Satz mit einem Augenzwinkern, und dann mussten sie beide lachen. Zum ersten Mal fühlte es sich richtig gut an, mit ihrer Großmutter unterwegs zu sein. Sie waren ein gutes Team.

Staunend folgte Mika Maria weiter durch das Gedränge. Überall standen Reiter, die von hier aus in die Arena starteten oder gerade von dort zurückkamen. Alle sahen perfekt aus in ihren weißen Reithosen, den edlen Jacketts und glänzenden Lederstiefeln.

Die Pferde waren ebenfalls auf Hochglanz gestriegelt, das Sattelzeug aufs Äußerste poliert, die Mähnen zu festen Knoten geflochten, und die Ohren steckten in farblich passenden Ohrnetzen.

Außerdem wimmelte es nur so von Reportern, Trainern, Pferdepflegern und einigen Fans, die die Springreiter umringten. Die dickste Traube hatte sich um Hanns de Burgh und seinen Fuchs geschart, und Maria steuerte zielstrebig auf sie zu.

Aus der Nähe sah der Holländer noch eindrucksvoller aus. Etwas Unnahbares ging von ihm aus, wie er da auf dem großen Pferd saß und auf die Leute herabblickte. Seine Haare waren fast komplett silbergrau und fielen ihm bis auf die Schultern, doch sein Gesicht wirkte jugendlich und darin funkelten eisblaue Augen wie Kiesel in einem Gebirgsbach.

Maria war noch einige Meter entfernt, als Hanns den Kopf drehte und sie ansah.

»Was für eine Freude«, sagte er mit überraschend weicher Stimme. Seine Bewunderer drehten sich zu Maria und Mika um und mussten prompt zurückweichen, als Hanns ein paar Schritte auf sie zu ritt.

Mika war plötzlich merkwürdig aufgeregt.

Maria schenkte ihrem ehemaligen Schüler ein strahlendes Lächeln. »Hanns«, sagte sie mit ehrlicher Freude. »Ein schöner Ritt. Nur beim Wassergraben hattest du wie immer Probleme mit dem Innenzügel.«

Hanns lächelte ebenfalls, doch eine Spur weniger als zuvor. Er schwang sich aus dem Sattel, reichte die Zügel einem herbeigeeilten Helfer und umarmte seine alte Lehrerin.

»Mag sein«, sagte er schließlich, »aber trotzdem werde ich gewinnen, und darum geht es doch, oder?«

»Natürlich.« Maria nickte wohlwollend, dann legte sie eine Hand auf Mikas Schulter. »Darf ich dir Mika vorstellen? Meine Enkelin«, sagte sie stolz. »Sie kommt nach mir.«

Hanns' ungewöhnliche Augen richteten sich nun auf Mika, die seinen Blick auf sich spürte, als wären es Röntgenstrahlen.

»Elisabeths Tochter? Was für eine unerwartete Überraschung«, sagte er und gab ihr mit festem Druck die Hand.

»Überraschungen sind immer unerwartet. Sonst wären sie ja nicht... äh... überraschend...?«, stammelte Mika und hätte sich im selben Moment am liebsten in Luft aufgelöst. Was redete sie da? Der musste sie ja für völlig bescheuert halten!

Hanns de Burgh musterte sie amüsiert. »Wenn du nur halb so viel Talent hast wie deine Großmutter, dann muss ich mich wohl warm anziehen«, sagte er.

»Ich dachte, Sie hören auf?«, platzte Mika heraus, ohne seinem Blick auszuweichen.

Hanns seufzte. »Ja, das stimmt. Ich will, wie sagt man: aufhören, wenn es am schönsten ist.« Er wandte sich wieder an Maria. »Ich werde mich aber nicht zur Ruhe setzen, keine Sorge. Ich werde trainieren.«

Verstohlen sah Mika den großen, schlanken Springreiter an. Irgendwie imponierte er ihr, obwohl er doch alles verkörperte, was sie nicht leiden konnte.

Maria antwortete betont beiläufig: »Wo wir gerade vom Trainieren sprechen: Mika wird auf den Kaltenbach Classics nächste Woche antreten. Also falls du noch in der Gegend bist und dir im Ruhestand langweilig sein sollte...? Sie ist wirklich ein Ausnahmetalent.«

Maria lächelte Hanns abwartend an, der höflich nickte. »Hat sie denn auch ein Ausnahmepferd?«

Marias Lächeln erstarb für einen kurzen Moment.

»Ja«, sagte Mika mit fester Stimme, bevor ihre Großmutter antworten konnte. »Ostwind. Und *er* ist das Ausnahmetalent, wenn es unbedingt eines geben muss. Wir sind ein Team.«

»Ostwind?« Hanns de Burghs Blick erfasste Mika wieder wie ein 1000-Watt-Suchscheinwerfer. »Ist das nicht der Hengst, den Friedrich vor einiger Zeit verkauft hat? Aus Hallas Nachzucht?«

Diesmal war ihre Großmutter schneller: »Das ist er«, antwortete sie rasch. »Und wir würden uns sehr freuen, wenn du kämst.«

Als Hanns nun lächelte, lag ein seltsamer Ausdruck in seinen Augen. »Ostwind. Ein interessanter Name. Ich werde sehen, ob es sich einrichten lässt.«

Weiter kam er nicht mehr, denn einer der Reporter drängte sich penetrant zwischen sie. »Herr de Burgh, die Leser von ›Pferd und Hund‹ hätten ein paar wichtige Fragen an Sie!«

Hanns ignorierte ihn, reichte erst Maria die Hand, dann Mika. »Ihr entschuldigt mich? Es war wirklich schön, euch zu sehen.« Und damit drehte er sich um und widmete sich dem aufdringlichen Reporter mit derselben vollkommenen Aufmerksamkeit, mit der er auch Maria und Mika begegnet war.

»So, das wäre geschafft«, sagte Maria zufrieden, als er gegangen war. Sie schien plötzlich bester Laune zu sein. »Hast du Hunger?«

Mika nickte, noch sprachlos von der Begegnung. Sie wusste nicht, ob sie Hanns de Burgh bewunderte oder sich ein bisschen vor ihm fürchtete. Auf jeden Fall hatte sie so einen Menschen noch nie kennengelernt.

»Glaubst du wirklich, er kommt zu den Classics?«, fragte sie.

»Ich hoffe es«, seufzte Maria. »Denn Hanns als Trainer nach Kaltenbach zu holen, wäre unsere endgültige Rettung.«

Mika blieb stehen und sah ihre Großmutter an, die sich energisch den Weg durch die Menschenmenge bahnte. Das war also die ganze Zeit ihr Plan gewesen!

In diesem Moment war aus dem Stadion aufbrandender Jubel zu hören und der Stadionsprecher verkündete: »*Das war der letzte Starter in diesem Stechen, meine Damen und Herren. Damit steht der Sieger fest: Hanns de Burgh gewinnt den Großen Preis von Aachen. Wir kommen sogleich zur Siegerehrung...*«

Mika grinste, voller Respekt für die alte Dame. Und musste sich beeilen, ihr zu folgen.

Als der grüne Geländewagen durch das Tor auf den Hof des Gestüts Kaltenbach fuhr, dämmerte es bereits. Ihre Großmutter war ungewöhnlich gesprächig gewesen und hatte die ganze lange Autofahrt damit verbracht, Mika einen ausführlichen Vortrag über *Die Geschichte der Reiterei von der Antike bis zur Gegenwart* zu halten.

Mika hatte es plötzlich sehr eilig, ins Bett zu kommen.

Maria lächelte milde. »Geh nur. Es war ein langer Tag. Und außerdem musst du morgen früh fit sein. Wir haben viel vor – und du hast ja heute gesehen, wie weit du es bringen kannst!«, schloss sie, und ihre Augen leuchteten begeistert.

»Hm-hm«, antwortete Mika unbestimmt. »Schlaf gut, Oma.«

»Du auch, Mika, du auch.«

Als Mika auf ihr Zimmer kam, sprang Fanny von ihrem Stuhl auf wie ein grimmiger Schachtelteufel. »Na, hattest wenigstens *du* Spaß heute?«, fragte sie übellaunig. »Ich selbst habe nämlich den ganzen Tag vergeblich versucht, irgendetwas Berichtenswertes zu Papier zu bringen.«

»Naja«, sagte Mika müde. »Wir haben tolle Pferde gesehen, und tolle Menschen auf tollen Pferden, und dann haben wir einen alten Schüler meiner Großmutter getroffen. Es war toll und... irgendwie auch wieder nicht.«

Mika merkte immer wieder, wie schwer es ihr fiel, ihre gemischten Gefühle dem ganzen Springsport-Zirkus gegenüber in Worte zu fassen. Und Fanny machte auch nicht den Eindruck, als hätte sie gerade ein offenes Ohr dafür. Sie umkreiste das Bett wie ein ausgehungerter Löwe, als Mika unter die Bettdecke kroch und sich dort verstohlen den Wecker ihres Handys stellte. Auf halb zwölf. Puh – das hieß nur etwas mehr als zwei Stunden Schlaf.

»Und du? Ist der Artikel im Kasten?«, fiel ihr gerade noch rechtzeitig ein zu fragen, bevor Fanny, die offenbar auf diese – irgendeine! – Frage wartete, explodierte wie ein Knallfrosch.

Sie stemmte die Hände in die Hüften. »Ist er nicht! Ich war den ganzen Tag hier und habe genau drei Worte aufs Papier gebracht. Die Überschrift nämlich, und die lautet: *Ein Haufen Mist*!« Sie fuhr zu Mika herum, deren Augenlider bereits bleischwer zuckten.

»Klingt doch schon gut. Erzähl weiter...«, murmelte Mika und kuschelte sich tiefer in ihr Kopfkissen.

Fanny legte den Kopf schief. »Ach ja? Außerdem ist heute der Stall abgebrannt, Sam wurde von Aliens gekidnappt und ich hab mir beim Däumchendrehen den Finger abgerissen.«

»Hmmm. Muss ich mir morgen unbedingt anschauen«, brummelte Mika, und dann war sie – mal wieder! – eingeschlafen.

Offenbar interessierte sie sich nicht für Fannys Probleme – und das war etwas, das es früher nicht gegeben hatte. Vor Kaltenbach und Ostwind und… dem ganzen Mist!, dachte Fanny enttäuscht.

Seufzend sank sie auf den Schreibtischstuhl vor dem Fenster und begann, sich im Kreis zu drehen. Erst langsam und nachdenklich, dann schneller und schneller, wie ein einsamer Hamster in seinem Rad.

Zweieinhalb Stunden später klingelte Mikas Wecker und sie war sofort hellwach. Schnell brachte sie das surrende Handy zum Schweigen und blickte zu Fanny hinüber, die zusammengerollt wie ein Labradorwelpe neben ihr lag und im Traum leise fiepte. Sie hatte ihre Decke weggestrampelt und schlief tief und fest.

Behutsam deckte Mika sie wieder zu und schlich auf Zehenspitzen zum Fenster. Lautlos kletterte sie auf das Vordach und hangelte sich an dem dichten Efeu hinunter. Mittlerweile war diese Art, in den Hof zu gelangen, fast schneller, als den normalen Weg durchs Haus zu nehmen.

Sie huschte über den dunklen Hof zur Futterkammer, um die Medikamente einzusammeln, die Tinka ihr gezeigt hatte, und lauschte dabei aufmerksam in die Dunkelheit. Fanny hatte nichts von einer weiteren Nachtwache gesagt – offenbar hatten Sam und sie die Verbrecherjagd aufgegeben.

Mika fühlte wieder dieses kleine nagende Schuldgefühl. Sie hätte den beiden von Milan und 33 erzählen sollen. Und von ihrer Großmutter Medikamente zu stehlen, war auch kein tolles Gefühl. Noch vor ein paar Tagen war sie bereit gewesen, dem gemeinen Dieb eine Mistgabel überzubraten, und jetzt stand sie selbst hier. Als Diebin.

Unschlüssig blieb sie stehen. Aber hatte sie eine Wahl? Sie musste dem kranken Pferd helfen!

Und sie hatte Milan versprochen, niemandem etwas zu sagen. Sie gab sich einen Ruck und öffnete das schwere Vorhängeschloss mit der Kombination, die Tinka mit Absicht so laut und langsam gesagt hatte, dass Mika sie sich leicht hatte merken können. Tiefe Dankbarkeit durchströmte sie bei dem Gedanken an ihre kleine Freundin, die keine Frage zu viel stellte und immer zur Stelle war, wenn Mika Hilfe brauchte. Und die sie heute früh auch angelogen hatte.

Schnell suchte Mika die Medikamente zusammen und stopfte sie in ihren Rucksack. Dann nahm sie noch ein paar von den teuren Energieriegeln aus der Futtertonne und wandte sich zur Tür, als sich plötzlich kaltes Metall unsanft in ihren Rücken bohrte. »Keine. Einzige. Bewegung!«, knurrte es hinter ihr, und Mika erstarrte erschrocken.

Das Neonlicht an der Decke flackerte an – und im selben Moment verschwand das Ding aus ihrem Rücken und eine vertraute Stimme maulte genervt: »Mann, Mika! Ich weiß ja, dass du gerne nachts hier rumschleichst, aber kannst du nicht mal tagsüber dein Pferd versorgen wie normale Leute auch?« Sam stand hinter ihr und lies das Blasrohr sinken.

»Sa…am«, stotterte sie und versuchte, ihren rasenden Puls zu beruhigen.

»Ja, sorry. Ich dachte echt, jetzt hab ich ihn!« Sam sah richtig geknickt aus, und fast tat es Mika leid, dass sie nicht der Dieb war. Zumindest nicht der richtige. »Tut mir auch leid. Ich… ich muss zu Ostwind. Ich kann nicht schlafen – und wollte auch nachsehen, ob er wieder neue Wunden hat.«

Sam nickte müde und reichte Mika einen Apfel aus seiner Tasche. »Weißt du mittlerweile, wo seine Verletzungen her sind?«

Mika schüttelte den Kopf. »Ich hab mir schon überlegt… ob er vielleicht manchmal abhaut?«

Sam zuckte die Schultern. »Kann ich mir nicht vorstellen. Wo sollte er hin? Andererseits wissen wir beide, dass er diese Kratzer nicht von Rangkämpfen mit Archibald hat. Da wäre die Kuh ja noch verdächtiger.«

Mika grinste. »Stimmt. Also dann…«

»Also dann. Ich werde weiter hier aufpassen. Irgendwann erwisch ich ihn schon noch. Und wenn es das Letzte ist, was ich für Kaltenbach tue.«

In dem fahlen Licht sah Sam richtig grimmig aus und Mika floh schnell in die Nacht hinaus. Ihr schlechtes Gewissen hatte diese Begegnung nicht verbessert.

Auf der nächtlichen Koppel wurde sie bereits erwartet.

Ostwind stand mit gespitzten Ohren und zitternden Nüstern am Gatter und wieherte, noch ehe sie ihn in der blauschwarzen Dunkelheit richtig erkennen konnte. Sie kletterte auf den Zaun und von dort aus auf seinen Rücken. Der Hengst tänzelte unruhig hin und her, als könne er es gar nicht abwarten, loszukommen.

»Was sagst du, machen wir einen kleinen Ausflug?«, fragte Mika leise, während sie mit einem Fuß das Gatter aufstieß. »Ich hoffe, ich finde den Weg wieder, aber zusammen wird's schon...«

Aber noch bevor sie den Satz vollenden konnte, galoppierte Ostwind los. Überrascht krallte sich Mika in seine Mähne. Mondlose Dunkelheit umfing sie, doch Ostwind konnte das nicht aufhalten. Er schien genau zu wissen, wohin sie wollte.

Ostwinds Hufe sanken tief in den schlammigen Boden, als Mika aus dem Schutz des Waldrands auf den Hof des Ungarn zu ritt. Sie spürte, dass der Pferdekörper unter ihr gespannt war wie eine Bogensehne. Oder war das nur ihre eigene Anspannung?

Sie strich Ostwind über den schweißnassen Hals, versuchte ihn und sich gleichermaßen zu beruhigen. »Ich weiß, das ist ein schrecklicher Ort. Du spürst das auch, oder?«

Es kam ihr vor, als sei ihr Herzklopfen so laut, dass man es bis Papua Neuguinea hören konnte. Neben einem halbhohen Gebüsch glitt sie von Ostwinds Rücken und sah sich um. Das Gehöft des Ungarn lag direkt vor ihnen, das Eisentor war nur wenige Meter entfernt. Sie rüttelte sachte daran, aber es war verschlossen.

»Milan?«, rief Mika leise, aber nur der Ruf eines heiseren Käuzchens kam zurück. Die Scheune und der Hof lagen still im Dunkeln vor ihr, unerreichbar hinter dem mit Stacheldraht bewehrten Zaun.

Sie drehte sich zu Ostwind um, der dicht hinter ihr stand. »Du bleibst hier. Ich komme zurück, okay? Bleib einfach hier.«

Ostwind schnaubte, und Mika nahm das als Zeichen, dass er sie verstanden hatte. Sie schlich zum Zaun und begann, sich daran entlangzutasten. Es war ein rostiger Maschendrahtzaun, der etwas höher war als Mikas Kopf. Ohne den scharfkantigen Stacheldraht wäre es kein Problem gewesen, darüberzuklettern – so war er jedoch unüberwindbar.

Plötzlich knackte das Unterholz hinter ihr wie ein bedrohlich malmender Kiefer. Mika fuhr herum und stand Auge in Auge mit Ostwind.

»Pferd!«, sagte Mika und spürte, dass ihre Knie butterweich waren.

Der Hengst sah sie aus dunklen Augen trotzig an.

»Okay«, sagte sie mit zittriger Stimme, »dann komm halt mit.« Doch Ostwind trottete an ihr vorbei, weiter den Zaun entlang.

Mika sah ihm verblüfft nach. »Oder geh eben vor.«

Sie folgte ihm, bis er ein paar Meter weiter stehen blieb. Mika entdeckte, dass der Zaun an dieser Stelle eingedrückt war, fast so, als wäre ein Auto hineingefahren. Man konnte immer noch nicht hinüberklettern, aber zwischen Boden und Zaun war eine Lücke entstanden, durch die man kriechen konnte, wenn man sich flach auf den Bauch legte.

Beeindruckt grinste Mika ihr Pferd an. »Okay, du bist schlauer als ich. Aber jetzt bleibst du trotzdem hier, ja?«

Sie warf ihren Rucksack über den Zaun und zwängte sich durch die schmale Öffnung. »Ich bin gleich wieder da«, flüsterte sie Ostwind zu, als sie auf der anderen Seite war.

Lautlos schob sie die schwere Stalltür auf und schlüpfte schnell hindurch. Wieder brauchte es all ihre Kraft, um sich nicht von der lähmenden Verzweiflung, die diesen Ort umfing, anstecken zu lassen.

Sie hastete vorbei an den Verschlägen, aus denen sie Pferdeaugen ängstlich ansahen. Endlich war sie am Ziel und zog vorsichtig die Box auf. »33« stand auf einer kleinen Kreidetafel, die an die Tür genagelt war. Die weiße Stute stand unverändert am selben Fleck wie zuvor. Mika hätte schwören können, dass sie sich nicht einen Zentimeter bewegt hatte.

»Hey, 33«, sagte Mika leise und näherte sich ihr vorsichtig von der Seite, »ich hab dir was mitgebracht.«

Die Stute rührte sich nicht. Mika ertastete ihr mattes, verklebtes Fell und streichelte sie behutsam.

Mika machte einen weiteren Schritt und ihr Fuß stieß gegen etwas Weiches... etwas Lebendiges!

Sie unterdrückte einen Schreckensschrei und wich mit einem Keuchen zurück. Ihr Herz hämmerte wie verrückt. Dann erkannte sie, was oder besser wer da im Stroh neben der Stute lag: Milan.

Er hatte sich auf einer alten Bundeswehr-Wolldecke zusammengerollt und schlief tief und fest. Ein Schauder lief Mika über den Rücken, eine Mischung aus Freude und einem Gefühl, das sie nicht richtig deuten konnte. Jedenfalls kribbelte es bis in ihre Zehenspitzen, mit denen sie Milan nun vorsichtig anstieß.

Blitzschnell fuhr er hoch und hielt sich die Hände schützend vors Gesicht.

Mika starrte ihn erschrocken an. »Sorry, ich… ich bin's nur«, stammelte sie.

Milan blinzelte, für einen Moment verwirrt, dann ließ er die Arme sinken. »Du bist's«, wiederholte er, doch es klang nicht unfreundlich.

Mika lächelte vorsichtig, als er sich ein paar Strohhalme aus seinen dunklen Locken fischte.

Einen kurzen Moment wusste keiner von beiden, was er sagen sollte. Dann redeten beide gleichzeitig. »Ich hab Medikamente besorgt.«

»Ich bin eingeschlafen.«

Darüber musste Mika grinsen. »Das kenn ich. Wie geht's ihr denn?«, fügte sie ernster hinzu.

Milan strich der Stute sanft über die Stirn. »Nicht schlechter, nicht besser. Und fressen will sie immer noch nichts«, sagte er und sah Mika an.

Der traurige Ausdruck in seinen dunklen Augen tat Mika fast körperlich weh, so gut konnte sie ihn verstehen.

Sie gab sich einen Ruck. »Hier!«, sagte sie schnell und schüttete den Inhalt ihres Rucksacks ins Stroh. Sie griff eine Packung nach der anderen, während sie für Milan wiederholte, was Tinka ihr erklärt hatte.

Als sie fertig war, sah er sie mit großen Augen an. Darin war Dankbarkeit, aber noch etwas anderes. »Spritzen? Ich... ich weiß gar nicht, wie das geht.«

Nun nickte Mika mit einer Entschlossenheit, die sie nicht im Geringsten verspürte. »Ich mach das, easy. Du wäschst die Wunde aus, okay?«

Milan sah sie beeindruckt an. »Okay«, sagte er mit rauer Stimme.

Die nächste halbe Stunde arbeiteten sie konzentriert Seite an Seite und ohne ein weiteres Wort. Nur das leise Flüstern war zu hören, mit dem Milan die Stute beruhigte, während er sorgfältig die Wunde mit der giftgelben Tinktur abwusch.

Und auch Mika gelang es nach einigen unbeholfenen Anläufen, die Spritze mit der Vitaminkur aufzuziehen. Sie versuchte, sich Dr. Anders in Erinnerung zu rufen, der Ostwind eine rettende Injektion gegeben hatte, als der eine schwere Kolik hatte. Er hatte einfach die Haut ein bisschen zusammengedrückt und – zack! Was war schon groß dabei?

Mika schluckte. Sie trat neben das Pferd, tastete nach einer Stelle an seinem Hals, schloss die Augen und stach beherzt zu.

Als sie die Augen öffnete, sah Milan sie mit schiefem Grinsen an. »Easy, hm?«

Er war aufgestanden und stand jetzt dicht neben ihr, eine Hand auf dem Pferderücken.

»Meinst du, sie schafft es?«, fragte er leise.

Mika blickte auf 33, die mit gesenktem Kopf dastand und

alles teilnahmslos über sich ergehen ließ. Was sie fühlte, war nicht leicht in Worte zu fassen – vor allem, weil sie es lieber nicht gefühlt hätte.

»Ich glaube«, begann sie behutsam, »dass die Wunden gar nicht das Schlimmste sind. Viel schlimmer ist…«, sie suchte nach Worten, »…dass es ihr egal ist, ob sie wieder gesund wird. Sie hat sich einfach aufgegeben.«

Mika hatte erwartet, dass Milan aufbegehren würde, doch er nickte einfach. »Ich weiß. Ich fühl es auch.«

Eine warme Welle aus Mitleid flutete Mikas Herz. Sie legte ihre Hand dicht neben seine auf den Rücken der Stute. Sie berührten sich nicht, trotzdem spürte sie die Wärme von Milans Hand, als wäre sie ein Stück glühende Kohle.

Eine Weile standen sie so da, als Mika fühlte, wie sich die Muskeln des Pferderückens unter ihren Fingern spannten. Milan sah sie überrascht an. Doch es war keine Täuschung: 33 hatte den Kopf gedreht und schnupperte behutsam an Mikas Arm.

Ungläubig streckte sie den Arm aus und die Nüstern der Stute strichen suchend darüber hinweg. Ihre Ohren zuckten aufmerksam.

Milan konnte es nicht fassen: »Was… Wie hast du das gemacht?«

Glücklich strahlte er sie an. »Das ist das erste Mal seit drei Wochen, dass sie reagiert!«

Als hätte sie ihn verstanden, drehte die Stute nun den Kopf und stupste Milan an, der ihr immer wieder über den Hals strich. »Da bist du ja wieder. Da bist du ja wieder!«, flüsterte er.

Mika hätte am liebsten einen Freudentanz aufgeführt, stattdessen fischte sie einen Apfel aus ihrem Rucksack und gab ihn Milan. Er hielt ihn 33 hin, die ihn erst beschnupperte und dann zaghaft annahm.

Mikas Herz machte einen riesigen Sprung: ein Jahr zurück, als ein anderes Pferd in einem anderen Stall einen Apfel von ihr genommen und ihr Leben für immer verändert hatte.

Die Nacht war immer noch stockfinster, als Milan Mika zu dem Loch im Zaun begleitete. »Siehst du, hier«, flüsterte Mika und zeigte auf die Delle im Zaun und das Loch darunter.

»Und das hast du gefunden?«, fragte Milan und sah sie staunend an.

»Na ja, nicht ich allein. Ostwind hat es gefunden«, gab Mika zu.

»Ost–wer?«

»Mein Pferd. Da.«

Milans fragender Blick folgte Mikas ausgestreckter Hand. Erst jetzt sah er das schwarze Pferd auf der anderen Seite des Zauns. Es war in der Dunkelheit fast unsichtbar.

Fassungslos starrte er Ostwind an, der ein drohendes Wiehern ausstieß und den Kopf hin und her warf.

»*Das* ist *dein* Pferd?«

»Ja, Ostwind.«

Milan sah aus, als habe er ein Gespenst gesehen. »Aber... das war doch er!«

Mika verstand nicht. »Was war er?«

»Na, *das*!« Milan rüttelte an dem mitgenommenen Zaun.

»Er ist eines Nachts hier aufgetaucht und hat versucht, da rüberzuspringen. Ich meine, der Zaun ist fast zwei Meter hoch, das war Wahnsinn. Er hat sich so schlimm verheddert, dass ich ihn befreien musste. Ich hab ihn dann weggejagt und gedacht, das war es jetzt. Aber er ist immer wieder gekommen! Das Pferd ist total übergeschnappt.«

Die Sonne war zwar noch nicht aufgegangen, aber am Himmel kündigten rosa Schäfchenwolken schon den Tag an, als Mika Ostwind auf die Koppel zurückbrachte. Seit sie Milan am Zaun verlassen hatte, fuhren die Gedanken in ihrem Kopf Karussell, doch sie war zu erschöpft, um es anhalten zu können.

Morgen würde sie verstehen, wie alles zusammenhing: Ostwind, 33, Milan, der Ungar. Nur dass morgen schon heute war. Todmüde kroch Mika zu Fanny ins Bett, die nun quer über der Matratze lag, sodass Mika nur ein schmaler Streifen blieb.

Sie quetschte sich neben ihre schlafende Freundin, und ihr letzter Gedanke war, dass sie in dieser Position unmöglich einschlafen konnte. Im nächsten Moment war sie auch schon ins Reich der Träume gesunken.

9. Kapitel

Warmer Wind streichelte das Gras der weiten Wiese. Die Luft schwirrte und sie musste die Augen gegen die Helligkeit zusammenkneifen.

Ostwind war bei ihr. Er schnaubte, warf den Kopf in die Luft und trabte eine enge Runde, den Schweif erhoben. Es sah aus, als würde er tanzen. Sie lächelte.

Plötzlich schien sich das helle Licht auf sie zu zu bewegen, es war ein anderes Pferd! Es flog über die Wiese heran, schneller als sie je ein Pferd hatte laufen sehen.

Auch Milan war da, neben ihr. »Sie ist abgehauen. War eine ganze Nacht lang weg«, sagte er.

Sie sah ihn an, doch auf einmal wurde aus Milan Sam, der sie grimmig anfuhr. »Er springt über den Zaun. Er haut ab!«

In dem Moment ritt Tinka auf Frau Holle vorbei und lachte fröhlich: »Er ist verliebt! Verliebt, verlobt, verheiratet!«

Staunend sah sie zu, wie Ostwind und 33 in der Mitte der leuchtenden Wiese aufeinandertrafen. Die beiden Pferde hatten die Köpfe gebeugt, die Körper einander zugedreht. Sie sahen aus wie ein zweifarbiges Fabelwesen. Wie Yin und Yang.

Sie spürte die Ruhe, die von den beiden ausging, wie einen wohligen Luftzug auf der Haut. Ostwinds Ruhe.

Mika schlug die Augen auf und war mit einem Schlag hellwach. Endlich fielen alle Puzzlestücke in ihrem Kopf an ihren Platz: die Albträume, der Stacheldraht, Ostwinds Wunden, seine Unruhe und die Stute 33, die vom Hof des Ungarn geflohen und einen ganzen Tag und eine Nacht lang weg gewesen war.

Wieso war sie nicht schon früher daraufgekommen: Ostwind musste 33 getroffen haben! Dann hatte der Ungar die Stute eingefangen, sie wurden getrennt und er hatte versucht, zu ihr zu gelangen und über den Stacheldraht zu springen.

Ein eiskalter Schauer lief über Mikas Rücken bei der Vorstellung. Daher kannte er den Weg zu dem Ungarn. Und deshalb war er auch in der Nacht da gewesen, um Mika zu retten. Und 33 – natürlich! – hatte auf Ostwinds Geruch reagiert! Das war kein Zufall. Das war … Liebe.

Mika schoss aus dem Bett. Sie musste sofort zu Milan! Es ihm erzählen. Aber was dann?

Mika zögerte. Tagsüber konnte sie wohl kaum dort auftauchen. Nur – irgendwem musste sie es jetzt erzählen. Sofort.

»Fanny?«, rief sie und schaute sich um. Doch ihre Freundin war nicht da.

Fanny saß auf den Treppenstufen des Gutshauses, Block auf den Knien, Bleistift hinter dem Ohr und beobachtete aufmerksam die Ameisenstraße zu ihren Füßen.

Mika plumpste neben ihr auf die Stufen. »Na, alte Rinde, was macht die Journalistenkarriere?«, fragte sie mit tiefer Stimme und legte einen Arm um ihre Freundin.

Fanny zeigte keine Regung. »Danke der Nachfrage, aber du störst mich gerade bei der Arbeit.«

Mika schaute sie verwundert an und folgte dann ihrem Blick. »Ah, verstehe. *Die wunderbare Welt der Feldameise*. Das ist natürlich ein echter Knaller!«

Fanny reagierte nicht, sondern starrte einfach weiter die Ameisen an.

Mika versuchte es erneut. »Ich muss dir so viel erzählen, ich platze gleich! Von Aachen und von Ostwind... und...«

»Mika! Ich erwarte dich in fünfzehn Minuten fertig gesattelt im Parcours!«, tönte die klare Stimme ihrer Großmutter vom Reitplatz herüber.

»Jawohl!«, rief Mika zurück. Sie sprang auf. »Mist, ich muss los... aber nachher erzähl ich dir alles und...«

Fanny hob die Hand und Mika verstummte. Sie sah enttäuscht zu Mika hoch. »Machen wir einen Deal, okay?«

»Und der wäre?«

»Ich beschäftige mich die nächsten Tage mit mir selber, versuche diesen elenden Artikel – warum nicht über die Feldameise – zu schreiben, denn der Abgabeschluss ist in sechs Tagen. Und du«, fuhr sie fort, »kümmerst dich um dein Turnier, dein Pferd, deine Großmutter, die Rettung des Gestüts und bla-bla-bla. Danach kannst du mir gerne alles erzählen, lang und breit, und vielleicht sogar, ohne dabei einzuschlafen.«

Mika klappte der Mund auf. Das klang gar nicht gut. »Aber...«

Fanny legte den Kopf schief und seufzte. »Glaub mir, das ist das Beste. Ich mach meinen Kram, du machst deinen.«

Widerstrebend stand Mika auf. »Wenn du meinst...«, sagte sie unsicher.

»Ja, genau das meine ich.«

»Zehn Minuten!«, drohte es vom anderen Ende des Hofes.

Fanny zog die Augenbrauen hoch, und ihr Blick sagte: Siehst du?

Diesmal war es Mika, die seufzte. »Na gut.«

Ihr war zwar nicht wohl dabei, aber Fanny hatte recht: Die nächsten Tage würden ihr alles abverlangen, da war einfach kein Platz für Ferienspaß mit Fanny. Und wenn sie es selber schon anbot...

»Hey«, sagte Mika schuldbewusst, »in Paris machen wir den ganzen Tag nur, was du willst, versprochen.«

»Schon gut«, sagte Fanny und lächelte nun sogar ein bisschen, »ich hab ja noch den süßen Stallburschen zu meiner Zerstreuung.«

»MIKA!«, schrie Maria Kaltenbach jetzt so laut, dass die Tauben auf dem Hof erschrocken aufflogen, und Mika rannte los.

Fanny sah ihr nach und wollte sich gerade wieder ihren Freunden, den Ameisen, zuwenden, als sich wieder jemand neben sie auf die Stufen fallen ließ.

»Dann erzähl mir doch mal alles über den süßen Stallburschen«, sagte Sam, und Fannys Ohren begannen zu glühen.

Die folgenden Tage und Nächte vergingen wie im Flug. Zumindest kam es Mika so vor: sie trainierte tagsüber fast in jeder freien Minute mit ihrer Großmutter für die Classics.

Maria war eine strenge Lehrerin, und obwohl Mika sich wirklich Mühe gab, beschlich sie das altbekannte Gefühl, den Ansprüchen ihrer Großmutter nicht gerecht zu werden.

Manchmal kam Herr Kaan nach Kaltenbach, saß im Schatten der Kastanie neben dem Reitplatz und sah ihnen zu. Das waren die besseren Tage, denn wo ihre Großmutter dreiundzwanzig Sätze brauchte, um etwas zu erklären, genügte Herrn Kaan ein einziges Wort.

Vielleicht verstand Mika ihn auch einfach besser. Sie hätte ihn gerne jeden Tag dabeigehabt, aber sie wusste auch, dass er mit seiner Zeit als Trainer abgeschlossen hatte und nur ihr zuliebe kam.

Doch so sehr Mika auch versuchte, das Talent unter Beweis zu stellen, das ihre Großmutter in ihr sah – bisher war es ihr noch nicht einmal im Ansatz gelungen, den Parcours fehlerfrei zu springen.

Immer hatte Maria etwas auszusetzen. Entweder war Mikas Haltung verkehrt oder die Zügel nicht da, wo sie sein sollten, und meistens verstand Mika sowieso nicht, was ihre Großmutter redete.

Vielleicht lag es aber auch an Ostwind. Er war fahrig und abwesend, und auch wenn Mika nun wusste, woher seine Unruhe kam, konnte sie ja nichts dagegen tun.

Dazu kam ihre dauernde Müdigkeit, denn sie verbrachte fast jede Nacht bei 33. Sie versorgte die Stute mit Medikamenten und Aufbaufutter und redete nächtelang mit Milan. Sie hatten sich so viel zu sagen.

Mika erzählte von ihren Eltern, der Schule und ihrem

großen Traum, irgendwann auf Kaltenbach bleiben zu können.

Milan erzählte von seiner Mutter, die vor vier Jahren gestorben war. Seitdem lebte er bei seinem Stiefvater und zählte die Tage bis zu seinem 16. Geburtstag. Dann wollte er abhauen, 33 mitnehmen und irgendwo arbeiten, wo Menschen waren, die Pferde liebten, nicht benutzten.

Mika verstand ihn nur zu gut. Doch das Allerbeste war: 33 erholte sich langsam. Die Medikamente hatten angeschlagen, die Wunde am Bauch war fast verheilt und sie hatte wieder zu fressen begonnen.

Jedes Mal, wenn Mika sie besuchte, schnupperte die Stute sie ab, als könne sie es kaum erwarten, Ostwind wiederzusehen.

Andersherum war es genauso. Ostwind, der jede Nacht auf Mika wartete, hätte am liebsten ihr T-Shirt aufgefressen, wenn sie in den frühen Morgenstunden durch das Loch im Zaun krabbelte.

Milan und Mika hatten einen vagen Plan gefasst, die beiden Pferde nach dem Turnier zusammenzubringen, wenn es 33 wieder besser ging.

Doch je näher dieser Tag rückte, desto mehr geriet Mika unter Druck. Ihre Großmutter war über die anhaltende Müdigkeit ihrer Enkelin und ihre schwache Leistung zunehmend besorgt. Und Mika fiel es immer schwerer, ihr Geheimnis vor Sam und Fanny zu verbergen.

Sam war fuchsteufelswild, denn trotz all seiner Anstrengungen, den Dieb zu fassen, verschwanden weiter fast täglich Medikamente und Futter.

Und Fanny saß ihre Zeit auf Kaltenbach ab wie ein Häftling seine Strafe und redete mit Mika nur noch das Nötigste. Zwar verbrachte sie ihre Zeit unheimlich gerne mit Sam, nur hatte er wegen der näher rückenden Classics auch immer weniger Zeit für sie. Zudem hatte ihre Schreibblockade ihren Höhepunkt erreicht, was bedeutete, dass sie den Artikel wohl niemals schreiben würde und den Wettbewerb vergessen konnte.

Das Schlimmste aber war: Fanny vermisste ihre Freundin. Sie spürte, dass Mika ein Geheimnis hatte, dabei hatte es zwischen ihnen noch nie Geheimnisse gegeben.

Zwei Tage waren es noch bis zu den Classics, als Mika auf Ostwind nachts zum Hof des Ungarn ritt und das Loch im Zaun verschlossen fand. Sie umrundete das ganze Grundstück, rief immer wieder leise nach Milan – doch es rührte sich nichts. Das Tor war verschlossen, das düstere Gehöft lag hinter dem unüberwindbaren Zaun wie eine schweigende Festung.

Nach einer weiteren Stunde des Wartens gab Mika auf und wollte umkehren, aber Ostwind stemmte seine Hufe trotzig in den Waldboden. Sie spürte, dass er Angst hatte. Und obwohl sie sich einredete, dass alles in Ordnung sei, fühlte sie es auch.

Sie legte ihre Stirn an seine, um ihn zu beruhigen. »Komm. Es wird alles okay sein. Milan ist sicher nur eingeschlafen und hat uns vergessen.«

Mika merkte selbst, wie wenig sie daran glaubte, und Ostwind konnte sie damit erst recht nicht überzeugen. Er fühlte, was sie fühlte – und in diesem Augenblick wurde ihre Verbindung zum ersten Mal zu einem Problem.

Ungeduldig lief der Hengst am Zaun auf und ab.

»Komm!«, versuchte Mika ihn zu locken, doch er hörte nicht. Er bäumte sich mit einem verzweifelten Wiehern auf und trat mit den Vorderhufen gegen den Zaun. Einmal, zweimal.

»Ostwind!«, schrie Mika erschrocken, als im selben Moment hinter dem Zaun ein greller Scheinwerfer aufflammte.

Mika war noch immer außer Atem, als sie durchs Fenster in ihr Zimmer kletterte und sich auf den Boden plumpsen ließ, wo sie ausgestreckt liegen blieb. In letzter Sekunde hatten sie und Ostwind vor dem Mann fliehen können, der, kurz nachdem das Licht angegangen war, mit einem Gewehr aus dem Haus gestürzt kam. Das war der Ungar gewesen, kein Zweifel.

Mika zog sich leise ihre Chucks von den Füßen, um Fanny nicht zu wecken. Die Turnschuhe waren voller Matsch und auch ihr T-Shirt hatte über und über Dreckspritzer von ihrer überstürzten Flucht durch den Wald. Mika schlich leise zum Bett, hob die Decke und kroch hinein. Sie drehte sich um – und blickte direkt in Fannys hellwache Augen.

»Ähhhh«, nuschelte Mika erschrocken. »Hab ich dich geweckt? Ich war nur kurz... auf'm Klo«.

Fanny setzte sich auf, zog die Decke über ihre Knie und funkelte Mika zornig an: »Ach ja? Und welches Klo war das? Das Plumpsklo von deinem Freund, dem Waldschrat?«

Mika warf ihr einen verwirrten Blick zu und Fanny nickte in Richtung ihrer matschverkrusteten Turnschuhe.

Mika ließ schuldbewusst den Kopf hängen. Sie musste ihre Freundin endlich einweihen.

Fanny war da offensichtlich ganz ihrer Meinung, denn sie verschränkte die Arme vor der Brust und fragte: »Hast du mir irgendwas zu sagen?«

Mika presste die Lippen aufeinander. »Ja. Aber es ist eine längere…«, fing sie an, als es an der Tür klopfte und ihre Großmutter ins Zimmer platzte.

»Wie gut, dass du schon wach bist! Ich habe von draußen Stimmen gehört«, fügte sie erklärend hinzu.

Die beiden Mädchen starrten Maria Kaltenbach an, die in ihrem weißen Nachthemd aussah wie ein waschechtes Schlossgespenst. »Ich habe großartige Nachrichten! Ich wollte es gestern schon erzählen, aber du warst so früh im Bett… Hanns hat angerufen. Er kommt! Weißt du, was das heißt?«

Mika vergaß für einen Moment Fanny und ihre Wut.

»Wirklich?«, fragte sie entgeistert. »Er kommt? Hierher?«

Maria nickte glücklich. »Er kommt. Und Hanns de Burgh tut nichts einfach nur aus Spaß an der Freude. Ich denke, es hat funktioniert!«

Sie machte tatsächlich ein paar ausgelassene Tanzschritte, fing sich jedoch gleich wieder und sagte betont nüchtern: »Umso härter müssen wir heute trainieren. Es ist unser letztes Training, denn vor dem Turnier brauchen wir alle einen Ruhetag. Also, husch husch!« Sie schloss die Tür hinter sich.

Fanny verstand die Welt nicht mehr. »Was?«

Aber Mika war schon wieder meilenweit weg. »Krass. Hanns de Burgh kommt.« Sie schwang sich aus dem Bett. »Wir reden später, ja?«

Plötzlich sprang Fanny hoch. Bebend vor Zorn stand sie auf der wabbeligen Matratze und schrie zu Mika herab: »Weißt du was, jetzt reicht's. Ich weiß, wir haben einen Deal, aber das...«, sie brach ab und schluckte. »Glaubst du echt, ich checke nicht, dass du die Nächte über weg warst? Ich hab jeden Tag gewartet, dass du mir erzählst, was los ist, stattdessen heißt es bloß immer: Oma hier, Ostwind da, Kaltenbach dort! Aber zumindest heute, dachte ich, würdest du... wenigstens heute... Ach, verdammt!«

Fanny begann zu schluchzen. Sie konnte nicht mehr weitersprechen, denn die Tränen liefen ihr übers Gesicht. Und noch bevor Mika, die wie vom Donner gerührt dastand, etwas erwidern konnte, war sie auch schon aus dem Zimmer gestürmt und hatte die Tür hinter sich zugeknallt. Im Schlafanzug.

»Fanny, warte mal«, rief Mika ihr nach. Sie fühlte sich hilflos, denn Fanny weinte sonst nie.

Tatsächlich öffnete sich die Tür im nächsten Moment wieder und ihre Freundin kam zurück ins Zimmer.

Mika lächelte erleichtert – doch Fanny schnappte sich nur ihren Kleiderhaufen vom Stuhl und knallte die Tür erneut zu.

Unten vom Hof hörte sie ihre Großmutter »Mika! Beeil dich!« rufen. Wütend boxte Mika in ihr unschuldiges Kopfkissen. Warum war das Leben manchmal so verdammt schwer?

Knallrot leuchtete Fannys Gesicht in dem grünen Gras, als sie querfeldein durch die Wiese stapfte und ihre sofortige Abreise plante. Noch heute würde sie ihre Sachen packen und sich in den Zug setzen. Sie hatte die Schnauze voll!

Und jetzt konnte sie nicht einmal mehr in Ruhe geradeaus gehen, weil dieser unverschämte alte Holzzaun es wagte, ihr den Weg zu versperren!

Sie sprang ihn an wie ein Löwe eine Gazelle, wollte mit dem Schwung ihres Zorns darüberklettern – und rutschte kläglich ab. Ihre nackten Beine scheuerten über das verwitterte Holz, und Fanny jaulte laut auf, als sich unzählige kleine Splitter in ihre Haut bohrten.

»Scheißescheißescheiße«, fluchte sie und spürte zum zweiten Mal an diesem Tag, wie ihr Tränen in die Augen schossen. Voller Selbstmitleid saß sie im Gras und untersuchte ihren blutigen Unterschenkel. Sie fühlte sich wie ein Häufchen Elend.

»Das sah nicht gut aus«, stellte eine ruhige Stimme hinter ihr fest.

Fanny drehte sich um und blinzelte ins Sonnenlicht. Vor ihr stand Herr Kaan und sah mit einer Mischung aus Interesse und Mitgefühl auf sie herab. »Nicht?«, versetzte sie mürrisch. »Dann sollten Sie mich erst mal turmspringen sehen. Da bleibt kein Auge trocken.«

Der alte Mann ging neben ihr in die Hocke und besah

sich ihr aufgeschürftes Bein. »Wir müssen gleich die Splitter rausziehen, sonst entzündet sich das. Komm.«

Herr Kaan stand auf und bot ihr seine Hand. Die ruhige Bestimmtheit in seiner Stimme duldete keine Widerrede, also ließ sie sich von ihm hochziehen.

»Ich wollte gerade ins Gestüt, aber das kann warten«, sagte er und führte Fanny zurück zu seinem Wohnwagen. Dort half er ihr auf eine Bank und ging in den Wohnwagen, um eine Pinzette und Wundalkohol zu holen.

Fanny war schon einmal kurz hier gewesen, doch nun sah sie das ganze »Anwesen« zum ersten Mal richtig: den Bauwagen mit der gemütlichen, von Efeu überwucherten Holzveranda, die Feuerstelle, eine große Hobelbank und das überdachte Regal, in dem viele verschiedene Schnitzfiguren aufgereiht waren.

Herr Kaan kam zurück, kniete sich vor sie und begann vorsichtig, die Holzsplitter aus ihrem Bein zu ziehen. Autsch, das tat weh!

»Mist, verdammter!«, fluchte Fanny laut.

Herr Kaan hielt inne und warf ihr einen forschenden Blick zu.

Fanny seufzte. Der alte Mann war nett und außerdem half er ihr gerade. »Ich meine nicht Sie. Ich habe mir insgesamt alles anders vorgestellt«, sagte sie immer noch missmutig.

Und ehe sie wusste, warum, sprudelte alles aus ihr heraus: »Meine Freundin – meine allerbeste Freundin, die ich kenne, seit wir beide fünf waren – hat sich total verändert, seit sie diesen Gaul... also, dieses *Pferd* hat. Es gibt einfach nichts anderes mehr. Pferd, Pferd, Pferd! Entweder geht es darum oder sie ist müde. Ich müsste eigentlich diesen Artikel schreiben, für einen Wettbewerb, aber hier gibt es absolut nichts, was interessant genug wäre – und dann bin ich auch noch andauernd... alleine.«

Herr Kaan hatte aufmerksam zugehört. Mit ruhigen Bewegungen versorgte er weiterhin ihr Bein. Er sah Fanny nicht an, als er antwortete: »Das muss schwer für dich sein. Aber Mika hat lange warten müssen, bis sie ihre Gabe entdecken konnte.«

»Sie meinen die Reiterei?«

Herr Kaan hielt einen Moment inne und sah Fanny ernst an. »Nein. Es ist mehr als das. Viel mehr.« Er beugte sich wieder über Fannys Bein und begann, es mit Alkohol abzutupfen.

»Also«, begann Fanny schließlich, »was genau ist denn diese ›Gabe‹? Ich meine, ich hab Mika gefragt, aber sie tut immer so, als wär es nichts Besonderes... Ahhhh! Das brennt, wollen Sie mich umbringen?!«

Herr Kaan schraubte sorgsam den Deckel auf das braune Fläschchen und stand auf.

»Ich zeig es dir«, sagte er und verschwand im Wohnwagen. Nach wenigen Augenblicken kam er mit einem dicken Buch wieder heraus. Fanny las den Titel: *Traditionelle Mongolische Malerei des 3. Jahrhunderts*. Sofort bereute sie, die Frage gestellt zu haben. Doch Herr Kaan setzte sich neben sie, schlug eine Seite auf und tippte mit einem sonnengegerbten Finger auf eine verblichene Abbildung. Fanny beugte sich pflichtschuldig über das Buch.

Es war ein sehr altes Bild. Eine Zeichnung an einer Felswand wahrscheinlich und sie zeigte mit wenigen schwarzen Strichen einen schlafenden Menschen neben einem schlafenden Pferd.

»Dieses Bild ist über 2000 Jahre alt. Die Mongolen waren Nomaden, und ein Pferd war für sie das Wertvollste, was man besitzen konnte. Und es gab einige unter ihnen, einige wenige, die auserwählt waren, die Pferde zu verstehen. Die ihre Sprache sprachen. Die alten Mongolen glaubten, dass es Pferde in Menschengestalt waren, und sie wurden ›Schläfer‹ genannt, weil sie bei den Pferden schliefen.«

Fanny sah ihn etwas ratlos an. »Aha?«

Herr Kaan lächelte. »Ein Pferd, musst du wissen, ist ein Fluchttier. Immer wachsam. Es schläft nur unter seinesgleichen.«

Fanny war nun ziemlich verwirrt. »Also wollen Sie mir sagen, dass meine Freundin Mika in Wirklichkeit ein wiedergeborenes mongolisches Pferd ist?«

Herr Kaan lachte auf. »Nein, das will ich damit nicht sagen. Das ist ein Mythos. Aber in jedem Märchen steckt auch ein bisschen Wahrheit. Und Mikas Gabe ist genau das: Sie kann ein Pferd verstehen, nicht wie ein Mensch – sondern wie ein anderes Pferd. Und das wiederum ist für die meisten Menschen nicht leicht zu verstehen.«

Fanny nickte. Sie verstand, was er ihr sagen wollte. »Ich weiß ja. Und ich freue mich auch für sie, wirklich. Es war immer schwer für sie, mit ihren Eltern, der Schule und so. Und ich wusste auch immer, dass sie was Besonderes ist.«

Fanny sah zu Boden. »Aber ich hab einfach Angst, sie zu verlieren«, schloss sie leise.

Herr Kaan nickte und in seinen Augen lag Verständnis. »Das verstehe ich. Aber das, was Mika vor sich hat, ist eine sehr schwere Aufgabe. Eine Prüfung. Maria ... Mikas Großmutter hat noch nicht verstanden, was Mikas Talent bedeutet. Und was Mika jetzt tut, tut sie nicht für sich, und es ist schwer für sie. Sie braucht all ihre Kraft – und die Hilfe ihrer Freundin.«

Fanny sah ihn an. »Die kriegt sie ja auch! An jedem anderen Tag, gerne.«

Zum ersten Mal sah Herr Kaan verwirrt aus. »Und wieso nicht heute?«

Fanny malte mit den Zehen in den Staub. »Weil heute mein Geburtstag ist«, sagte sie leise.

Ein warmes Lächeln breitete sich auf Herrn Kaans Gesicht aus. »Das ist etwas anderes! So blind und so müde darf nicht mal ein Schläfer sein.«

Er stand auf, holte etwas aus seinem Regal, und als er zurückkam, reichte er Fanny eine kleine Holzfigur.

»Wow«, sagte Fanny und drehte die filigrane Schnitzerei in den Händen. Es war eine Art Pferdemensch, ein Fabelwesen.

»Die ist echt schön«, sagte sie mit ehrlicher Bewunderung. »Sie sollten sie auf dem Frankfurter Weihnachtsmarkt verkaufen, die Leute würden Ihnen die Bude einrennen.«

»Danke. Das ist das beste Kompliment seit Langem«, sagte Herr Kaan amüsiert, doch als Fanny ihm die Figur zurückgeben wollte, hob er abwehrend die Hände.

»Die ist für dich«, sagte er und stand auf. »Es ist eine Kentaurin: halb Mensch, halb Pferd. Sie bringt Glück und Harmonie. Alles Gute zum Geburtstag.«

»Wirklich? Danke!«, strahlte Fanny ihn an und fühlte sich schon viel besser. Langsam verstand sie, was Mika so toll an diesem alten Kauz fand. Und nicht zuletzt war er ja auch Sams Großvater.

Herr Kaan reichte ihr auffordernd die Hand. »Meinst du, es geht schon wieder? Wollen wir aufbrechen?«

Fanny ließ sich aufhelfen, testete ihr Bein, und der Schmerz war fast verflogen. »Von mir aus«, sagte sie und marschierte an Herrn Kaans Seite los.

»Mika wird sich freuen, Sie zu sehen. Sie war heute Morgen schon total aus dem Häuschen, weil Chris de Burgh zu diesem Turnier kommt.«

Herr Kaan blieb wie angewurzelt stehen. »Wie bitte?«, fragte er scharf.

»Das ist dieses schwedische Reitgenie, das extra wegen Mika und Ostwind zu den Classics kommt.«

Herrn Kaans freundliches Gesicht gefror zu Eis. »Hanns de Burgh?«, fragte er.

Fanny nickte. »Genau. So hieß der. Oma Kaltenbach und Mika haben ihn in Aachen getroffen und...«, sie brach ab, denn Herr Kaan hatte sich einfach wortlos umgedreht. Er ging zurück, kletterte in seinen Wohnwagen und schlug die Tür zu. Rumms!

Fanny sah ihm erstaunt nach und verstand überhaupt nichts mehr. Heute war wirklich ein komischer Tag – nicht nur weil sie Geburtstag hatte.

Als Fanny wenig später durch die Einfahrt des Gestüts gehumpelt kam, drang vom Reitplatz schon Frau Kaltenbachs unwirsche Stimme. »Innenzügel! Schwerpunkt! Wie oft denn noch!«

Auf einmal hatte Fanny richtig Mitleid mit Mika. Sie ging zum Reitplatz und setzte sich auf die Bank unter der Kastanie neben ein paar Kinder, die dem Training ebenfalls zusahen. Auch auf ihren Gesichtern sah man, dass die Vorstellung, die Mika da auf dem Platz bot, nicht die beste war.

Ostwind galoppierte gerade schnaubend auf ein Hindernis zu. Mika beugte sich tief über seinen Rücken, ihr Blick war konzentriert, als er zum Absprung ansetzte und über die Mauer hinwegsprang.

»Toll!«, rief Fanny unwillkürlich und ballte die Faust zusammen. Die drei Kinder drehten gleichzeitig die Köpfe und sahen sie strafend an. Fanny ließ die Hand sinken. »Nicht toll?« Die drei schüttelten ernst den Kopf.

Auch Mikas Großmutter, die den Sprung mit zusammengekniffenen Augen verfolgt hatte, machte ein unzufriedenes Gesicht. »Das war mittelmäßig. Mittelmäßig und unsauber«, ließ sie Mika enttäuscht wissen.

Mika parierte durch, klopfte Ostwind lobend auf den Hals und brachte den Hengst schließlich neben ihrer Großmutter zum Stehen, die ernst zu ihr emporsah. »Ich sehe ja, dass er das Potenzial hat – jede Menge davon –, aber ihr ruft es einfach nicht ab. Und ich frage mich, warum nicht?!«

Mika wusste nur zu gut, warum: Ostwind war nervös und fahrig und noch weniger bei der Sache als sonst. Er machte sich Sorgen. Und sie konnte ihn gut verstehen, ihr ging es nicht viel besser. So sehr sie sich auch um Konzentration bemühte – auch sie war in Gedanken nicht hier. Immer wieder dachte sie an 33, Milan und an das Loch im Zaun, das irgendwer gefunden und verschlossen hatte.

Aber das alles konnte sie ihrer Großmutter ja schlecht erzählen. Also zwang sie sich zu einem sorglosen Lächeln. »Je schlechter die Generalprobe, desto besser die Premiere«, sagte sie und versuchte, dabei zuversichtlich auszusehen.

Maria machte jedoch alles andere als einen entspannten Eindruck. »Das hoffe ich. Ich will mich übermorgen nicht blamieren. Nicht vor Hanns.«

Mika schluckte. Das wollte sie auch nicht. Sie sah sich um. Wo war eigentlich Herr Kaan? Er hatte doch versprochen zu kommen!

Wenn er da war, fühlte sie sich nicht ganz so verloren auf dem Springplatz mit all den strengen Regeln und Kommandos. »Ich muss noch ein paar Telefonate führen. In einer Stunde machen wir weiter«, sagte Maria knapp und ging in Richtung Gutshaus davon.

Mika rutschte von Ostwinds Rücken und beeilte sich, ihm den Sattel abzunehmen. Sie kraulte seine zuckenden Ohren. »Ich weiß. Ich mach mir ja auch Sorgen. Aber es wird alles gut. Ich versprech's dir. Wenn du mir versprichst, dass wir das durchziehen. Zusammen«, flüsterte sie ihm sanft ins Ohr.

»Aha, Pferdeflüstern. Genauso hab ich mir das immer vorgestellt.« Als Mika sich umdrehte, stand Fanny auf der anderen Seite des Gatters. Ihr Streit hing noch zwischen ihnen wie dunkle Gewitterwolken.

»Du hier? Hast du den Zug verpasst?«, sagte Mika, und es klang eine Spur beleidigter, als sie gewollt hatte. Erst jetzt bemerkte sie das Holzpferd, das Fanny unterm Arm hatte.

»Wo hast du denn das her?«, fragte sie misstrauisch, doch Fanny hob nur die Schultern. »Geschenkt bekommen.«

Mika sah ihre Freundin forschend an und spürte, wie ein kleiner Teufel sich auf ihrer Schulter niederließ. *Erst Sam und jetzt auch noch Herr Kaan?*, flüsterte er in ihr Ohr.

»Na, siehst du. Wozu brauchst du mich, du findest ja schnell andere Freunde hier«, sagte Mika in einem so schneidenden Ton, dass Fanny überrascht aufsah.

In diesem Moment kam Sam über den Hof gestürmt, direkt auf sie zu. *»Happy Birthday to you! Happy Birthday, liebe Fannyyyyyyy, happy Birthday tooo youuhuu«*, sang er in schiefster Tonlage und umarmte Fanny ungelenk.

Mika starrte die beiden entgeistert an. Vor Scham und Schreck wurde ihr abwechselnd heiß und kalt, als sie endlich verstand, was los war: Heute war Fannys Geburtstag. Und sie hatte ihn vergessen!

Sam entließ eine zartrosa Fanny gerade aus seiner Bärenumarmung, als Mika ihn schon beiseitedrängelte. »O Mann, Fanny«, stammelte sie, »ich hab's echt vergessen! Unverzeihlich und das Allerallerletzte.«

Fanny sah Mika streng an. »Und?«

»Und... und... es tut mir leid! Ich hab einfach an alles andere gedacht, ich...«

Fanny schüttelte unzufrieden den Kopf. »Uuuund?«, fragte sie noch einmal, und nun entdeckte Mika das vertraute Glitzern in ihren Augen.

Sie grinste, breiter als jedes Honigkuchenpferd. »Und alles, alles Gute zum Geburtstag, alte Tennissocke!«, rief sie laut, schwang sich über das Gatter und schloss ihre Freundin in die Arme. Beide hatten Tränen in den Augen.

Als sie sich wieder losgelassen hatten, verkündete Mika laut: »Ich mach das wieder gut! Heute Abend gibt es die fetzigste Geburtstagsparty, die Kaltenbach zu bieten hat! Und alle sind eingeladen!«, rief sie überschwänglich.

»Toll, was gibt's zu trinken?«, piepste eine Kinderstimme neben ihr, und verdutzt sah Mika auf die drei kleinen Reiterlein hinunter, die sie hoffnungsvoll ansahen.

10. Kapitel

Bunte Lampions schaukelten sanft in den Kiefern und in dem dunkelblauen Baggersee spiegelte sich der sternenklare Nachthimmel. Auf dem kleinen Grasstück am Ufer waren Wolldecken ausgebreitet, ein Lagerfeuer prasselte in einem Steinkreis. Fannys Geburtstagsparty war in vollem Gange – zwar waren es am Ende nur drei Gäste geworden, aber das tat der guten Laune keinen Abbruch.

Fanny, Sam und Mika brieten Würstchen an Stöcken über der Glut, und Tinka versuchte sich an den Marshmallows, die nur leider immer wieder Feuer fingen und sich in schwarze Klumpen verwandelten, ehe sie sie aus dem Feuer ziehen konnte.

Marianne hatte ihnen zur Feier des Tages sogar ihren Spezial-Kartoffelsalat eingepackt, den sich allerdings bisher niemand zu probieren getraut hatte.

»Sollte Kartoffelsalat nicht eigentlich eher... gelb sein?«, fragte Fanny und beäugte die braune Pampe argwöhnisch.

Sam beugte sich zu ihr. »Oder zumindest Kartoffeln enthalten?«

Sie lachten beide, und Mika entging nicht, dass Sams Hand dabei Fannys berührte. Sie freute sich, ihre Freundin so glücklich zu sehen, auch wenn ihr das schlechte Gewissen immer noch in den Knochen saß.

»Also, ich finde, jetzt ist der perfekte Zeitpunkt für Mikas großes Geheimnis«, sagte Fanny, als hätte sie erraten, was in Mika vorging. Sie sah Mika gespannt an, die ihrem Blick schnell auswich. »Hey! Du hast es versprochen! Und ich habe wirklich lange genug stillgehalten!«

Der warme Schein des Feuers flackerte auf Mikas Gesicht. Sie schluckte, als sie die erwartungsvollen Gesichter der anderen sah. Jetzt gab es kein Zurück mehr. Sam würde wahrscheinlich erst einmal wütend werden und auch Tinka hatte sie angelogen. Ihre Kehle fühlte sich auf einmal ganz trocken an.

Sie setzte sich auf und räusperte sich: »Also. Da war doch diese Nacht, in der wir…«

»ARRGH!« Alle fuhren erschrocken zusammen – dabei war es nur Tinka, deren Marshmallow schon wieder Feuer gefangen hatte. »'tschuldigung«, murmelte sie kleinlaut und löschte den brennenden Spieß mit ihrer Limo.

Mika setzte wieder an. »Also. Die erste Nacht, in der wir den Dieb fangen wollten…«

»Wenn ich das Schwein erst erwische!«, knurrte Sam böse. Dieses Thema war immer noch sein wunder Punkt.

Mika versuchte es zum dritten Mal. »Also, in dieser Nacht bin ich ihm ja nachgelaufen, und…«

Sam hob die Hand. »Stopp. Wenn die Geschichte länger ist, geh ich lieber vorher noch mal, ihr wisst schon«, sagte er und sprang auf. »Aber wartet auf mich!«

Fanny verdrehte die Augen: »Sam! Antiklimax!«

»Nee, Pieseln«, gab er zurück, denn er hatte keinen Schimmer, was Fanny gemeint hatte. Er stapfte davon und die drei Mädchen blieben alleine am Feuer zurück.

Tinka war wieder vertieft in ihr Marshmallow-Projekt und Fanny streckte sich zufrieden neben dem Feuer aus. »Das ist der beste Tag seit Langem«, sagte sie. »Ich bin fünfzehn, es ist Sommer, wir sind hier – und ich weiß endlich, worüber ich meinen Artikel schreibe.«

»Ameisen?«, tippte Mika.

Fanny schüttelte den Kopf. »Wird nicht verraten.« Und nach einer kurzen Pause fügte sie hinzu: »Weißt du, es ist ziemlich cool, eine Freundin wie dich zu haben. Die so was Besonderes ist.«

Mika war gerührt. Irgendetwas war mit Fanny passiert. Irgendetwas Gutes. »Ich kenne auch niemanden, der so besonders ist wie du.«

Fanny verzog ihr Gesicht. »So besonders unbesonders?«

Mika schüttelte den Kopf: »So besonders besonders.«

»Und ich bin auch besonders«, meldete sich nun auch Tinka zu Wort, »denn ich habe soeben den perfektesten, knusprigsten Marshmallow gegrillt, den ihr je gesehen –«

In dem Moment ließ ein gellender Schrei aus der Dunkelheit alle zusammenfahren – und Tinkas Meisterwerk fiel ins Feuer.

»Sam?«, riefen erst Mika, dann Fanny und schließlich Tinka ängstlich, doch aus der Richtung, in die er verschwunden war, drang nur lautes Keuchen. Blätter rascheln und Äste knackten, als würde sich ein großes Tier im Unterholz umherwälzen.

Dann, endlich, Sams gepresste, atemlose Stimme. »Hab ich dich endlich, du miese, diebische Ratte!« Er trat aus dem Schutz der Bäume und zerrte jemanden hinter sich her.

Ängstlich blickten ihm die drei Mädchen entgegen. Als er den Lichtkreis des Feuers erreichte, entfuhr Mika ein erschrockener Laut. Es war Milan. Er blutete aus einer Wunde an der Stirn und war leichenblass. Sam dagegen strotzte immer noch vor Kampfeslust.

»Darf ich vorstellen: der gemeine Dieb. Wollte sich gerade anschleichen. Hab ihn an seinem Moped erkannt«, krächzte er grimmig.

Er ließ Milan unsanft los und Mika fiel neben ihm auf die Knie und tastete nach seiner Schulter. »Milan! Bist du okay? Ich hab mir schon Sorgen gemacht! Bist du...«

Milan schlug zornig ihre Hand weg. »Nein, ich bin nicht okay«, zischte er, »dein Freund da hat mir von hinten mit einem Ast eins übergezogen! Sehr mutig!«, knurrte er in Richtung Sam, der sich sofort wieder auf ihn stürzen wollte.

Fanny hielt ihn geistesgegenwärtig fest. »Moment mal. Mika kennt den Typ offenbar. Mika?«, sagte sie und sah Mika auffordernd an.

Auch Sam schien diese Tatsache jetzt bewusst zu werden und seine Augenbrauen zogen sich finster zusammen.

Tinka tauchte hinter dem Baumstumpf auf, hinter dem sie in Deckung gegangen war. Alle warteten.

Mika schluckte. Dann nickte sie. »Wir waren doch gerade bei ›Mikas großes Geheimnis‹. Wo war ich stehen geblieben?«

Als sie geendet hatte, spiegelten sich die unterschiedlichsten Gefühle auf den Gesichtern ihrer Zuhörer: Fassungslosigkeit bei Sam, Mitgefühl bei Tinka, Erstaunen bei Fanny.

Sie saßen ums Feuer, Milan lehnte etwas abseits an dem Baumstumpf und presste sich eine Serviette gegen seine Platzwunde.

Gespannt wartete Mika auf die erste Reaktion. Erst einmal sagte niemand etwas. Bis Tinka den Anfang machte: »Also ist er die Tante der Freundin deines Cousins?«

Mika nickte schuldbewusst. Tinka verdaute diese Information einen Moment, dann wandte sie sich an Milan. »Und hat die Behandlung angeschlagen?«

Milan sah auf und lächelte vorsichtig. »Ja, danke. Die Wunde ist schon ziemlich gut verheilt.«

Tinka nickte zufrieden.

Jetzt kam auch Sam zu sich. »Also… nur noch mal, damit ich das wirklich richtig verstehe: Du hast mich Nacht für Nacht auf einen Dieb lauern lassen, der du selber warst?«

Mika wich seinem Blick aus. »Ja. Ich hatte einfach Angst. Und Milan hat mich gebeten, es niemandem zu sagen«, fügte sie lahm hinzu. Mit einem Mal kam sie sich einfach nur schäbig vor.

Sam schüttelte ungläubig den Kopf. »Ich hab dichtgehalten, als du Ostwind letztes Jahr heimlich trainiert hast. Ich lag drei Tage im Koma deswegen. Ich dachte, wir sind Freunde.«

Darauf wusste Mika nichts zu erwidern.

Milan mischte sich ein. »Sie musste mir versprechen, nichts zu verraten. Es ist meine Schuld!«

Sam fuhr wütend zu ihm herum. »Allerdings! Das ist ALLES deine Schuld! Es tut mir leid, dass dein Stiefvater so ein Monster ist, und es tut mir auch leid, dass es dieser Stute so schlecht ging. Ich hätte euch auch sicher geholfen, WENN MICH EINFACH JEMAND GEFRAGT HÄTTE!«

Und damit sprang er auf und ging, ohne sich umzudrehen, in die Dunkelheit davon.

Mika sah Fanny unsicher an. »Mist. Ich hab Mist gebaut.«

Fanny nickte. »Ja. Aber ich schau mal, was ich tun kann«, sagte sie und stand ebenfalls auf.

»Und du bist nicht sauer?«, fragte Mika vorsichtig.

Fanny überlegte einen Moment. »Doch. Aber ich glaube, das wäre jetzt ein bisschen viel für dich. Deshalb verschieben wir das Donnerwetter einfach auf einen passenderen Zeitpunkt«, entschied sie und stand auf.

»Sam? Warte mal!«, rief sie und lief hinter ihm her in die Nacht.

Mika saß am Feuer und fühlte sich elend, als Milan vorsichtig neben sie rutschte. Ihre Schultern berührten sich, und sie merkte, wie sie das komischerweise ein bisschen tröstete.

»Was ist eigentlich passiert?«, fragte sie und starrte ins Feuer. »Das Loch war zu.«

Milan nickte grimmig. »Er hat es gefunden. Ich musste es zumachen, und er hat fünfmal kontrolliert, ob es auch wirklich sicher zu ist. Seitdem ist er total auf der Hut und... ich konnte einfach nicht mehr weg.«

»Und 33?« Milans Gesicht wurde hart. »Er hat sie verkauft. Weil sie fast wieder gesund ist. Übermorgen kommen sie sie holen«, murmelte er hilflos.

Alarmiert sah Mika auf. »Was? Wer?«

»Ich weiß nicht genau, was er mit ihr vorhat. Aber das ist ihr Todesurteil.« Tränen stiegen in seine schwarzen Augen, obwohl Milan alles versuchte, sie zu unterdrücken. »Deshalb bin ich gekommen«, beendete er den Satz, plötzlich trotzig. »Ich wollte nach Kaltenbach, aber dann hab ich das Feuer hier gesehen und…« Weiter kam er nicht, er hatte den Kampf gegen die Tränen verloren.

Mika legte unbeholfen ihren Arm um seine Schulter. Sie spürte seinen Schmerz. Und sie verstand ihn besser als irgendjemand auf der Welt. »Dann müssen wir sie vorher befreien«, sagte sie, sanft aber entschlossen.

Milan schüttelte den Kopf. »Das geht nicht«, sagte er tonlos.

Mika sah ihn an. »Natürlich geht das! Wir stellen sie zu Ostwind auf die Koppel! Er sehnt sich schrecklich nach ihr, und ich dachte, das wäre eh immer der Plan gewesen!«

Milan zuckte mit den Schultern. »Ich hab schon alles versucht. Das Problem ist, dass sie sich nicht vom Fleck bewegt.« Er hob den Kopf und sah Mika an. »Sie kommt nicht mit, verstehst du? Sie… kommt einfach nicht mit!«

Mika verstand die Stute nur zu gut, fühlte ihre Angst förmlich. Und plötzlich wusste sie, was helfen würde. »Wenn sie nicht rauskommt, müssen wir eben reingehen«, sagte sie entschieden. »Wir bringen Ostwind in den Stall. Ihm wird sie folgen.«

Milan sah Mika überrascht an. »Das ist Wahnsinn. Was, wenn er uns erwischt?«

»Darf er nicht. Wird er nicht.«

Mika sah die Hoffnung, die Milans Gesicht plötzlich erhellte. »Du musst nur dafür sorgen, dass das Tor offen ist.«

Milan wirkte fest entschlossen. »Das schaffe ich. Irgendwie. Ich hole euch ab. An der Weggabelung. Um halb zwei morgen Nacht.« Er stand auf. »Und jetzt geh ich besser. Bevor er merkt, dass ich weg war.«

Mika stand ebenfalls auf. »Okay. Morgen Nacht. Halb zwei.« Sie nickten beide. Standen einen Moment unschlüssig voreinander. Mika spürte, wie ihr heiß wurde. Plötzlich umarmte Milan sie schnell und heftig. Sie spürte sein Herz schlagen – dann drehte er sich um und war verschwunden.

Mika sank zurück in den Schneidersitz. Nach einer Weile kam Tinka mit einem Arm voller Feuerholz aus der Dunkelheit getappt und setzte sich ihr gegenüber. Keiner sagte etwas. Wortlos griff Tinka neben sich, eine Tüte raschelte und ein weiteres Marshmallow wurde aufgespießt. Mika lächelte. Schweigend saßen sie am Feuer wie zwei Cowboys nach einem langen Ritt.

11. Kapitel

Am nächsten Morgen herrschte auf Kaltenbach schon vor Sonnenaufgang lebhafter Betrieb. Eine Vielzahl Helfer war gekommen, um den Gutshof auf das große Turnier vorzubereiten, das am folgenden Tag zum 25. Mal stattfinden würde.

Mikas Großmutter dirigierte die Arbeiten wie ein Maestro ein Symphonieorchester. Sie überwachte den Aufbau des Parcours, das Aufstellen der Zusatztribünen, ging mit Marianne die Getränkelieferung durch, scheuchte Sam vor sich her in den Stall, wo sie ihn genauestens instruierte, wie er welche Boxen für die Turnierpferde vorzubereiten hatte – und das alles, während ihr Telefon ohne Pause klingelte. Gott und die Welt rief an, um zu erfahren, ob das Gerücht stimmte: Würde Hanns de Burgh tatsächlich nach Kaltenbach kommen?

Während Maria in ihrem Element war und Sam so beschäftigt, dass man ihn nur zwischen den einzelnen Gebäuden hin und her laufen sah, hing Mika inmitten all dieser Betriebsamkeit wie ein Schluck Wasser in der Kurve.

Egal wohin sie sich wandte, immer war sie jemandem im Weg. Fanny hatte etwas von »kreativem Schub« gefaselt und Mika in aller Frühe aus dem Zimmer geworfen. Seitdem hörte man sie in Hochgeschwindigkeit in die Tasten hauen und hätte wahrscheinlich eine Bombe unter dem Fenster zünden können, ohne dass sie es bemerkt hätte.

Mika lungerte auf den Treppenstufen herum, dachte an das, was sie vor sich hatte, und merkte, wie Angst sich leise anschlich wie eisiger Nebel. Zum ersten Mal fühlte sie sich seltsam alleine.

Nervös trommelte sie auf die steinernen Stufen, zupfte abwesend ein paar Blütenblätter aus einem Rosenbusch, als eine verständnisvolle Stimme ertönte: »Keine Sorge, das ist ganz normal.«

Mika sah auf und blickte in das Gesicht ihrer Großmutter, die am Fenster des Salons stand und zu ihr herablächelte. »Die Nervosität am Tag davor. Ging mir früher auch immer so vor einem großen Turnier.«

»Hmmm. Sicher«, gab Mika schwach zurück.

»Und, Mika?«

»Ja?« Mika sah hoffnungsvoll auf. Vielleicht hatte ihre Großmutter ja doch noch verstanden, dass...

»Würdest du deine Anspannung bitte trotzdem nicht an meinen Teerosen auslassen?« Maria deutete auf den kahl gerupften Strauch neben der Treppe.

Mika zog schnell ihre Hand zurück. »Huch. Tut mir leid.« Da klingelte erneut das Telefon, und Marias Kopf verschwand wieder.

Mika stand seufzend auf. Ihre Großmutter hatte ja keine Ahnung. Das Turnier war gerade das Geringste ihrer Probleme: Was, wenn Sam ihr nicht verzeihen konnte und nie wieder mit ihr sprach? Was, wenn der Ungar sie und Ostwind erwischen würde? Was, wenn sie überhaupt zu spät kamen und 33 nicht mehr retten konnten?

Sie setzte sich wieder hin. Sprang wieder auf. Sie musste hier weg, musste sich beruhigen, und sie wusste nur einen Ort, wo sie immer fand, was sie suchte: bei Ostwind.

Es funktionierte. Die Gedanken, die ununterbrochen in ihrem Kopf Achterbahn fuhren, kamen langsam zum Stehen, als sie wenig später neben Ostwind auf der Wiese lag. Der friedlich grasende Hengst hatte wie immer eine beruhigende Wirkung auf Mika.

»Baldrian wäre auch ein schöner Name für dich«, murmelte sie und grinste in den wolkenlosen Himmel zu ihm auf. Ostwind schnaubte und stupste sie sanft an. Mika rollte sich auf den Bauch und hielt ihm ein besonders saftiges Grasbüschel hin. »Heute Abend holen wir sie da raus, weißt du. Und morgen...«

Ostwind zog an den Grashalmen, als wolle er Tauziehen spielen.

»Morgen ist morgen!«, rief Mika, sprang auf, und im nächsten Moment tollten die beiden ausgelassen über die Wiese. Die nächsten Tage würden echte Herausforderungen bringen, aber jetzt waren sie hier und zusammen und die Sonne schien.

Dieselbe Sonne stand schon tief über den goldgelben Weizenfeldern, als Maria Kaltenbach langsam den Feldweg entlangging. Längere Strecken machten ihr seit dem Unfall Mühe und ihr Stock fand nur schlecht Halt auf dem unebenen Untergrund. Das Handy in ihrer Jackentasche klingelte schon wieder, doch Maria blieb stehen und schaltete es aus.

Sie war auf dem Weg zu Herrn Kaan und die Welt konnte wohl für diese zehn Minuten warten. Sie wunderte sich, dass er schon seit zwei Tagen nicht mehr aufgetaucht war. Und außerdem musste sie ihm wohl oder übel von dem Besucher erzählen, den Kaltenbach morgen begrüßen würde. Immer wieder hatte sie sich das vorgenommen und dann immer wieder verschoben, jetzt musste es sein.

Sie wollte ihren Weg gerade fortsetzen, als sie das Lachen hörte. Sie drehte sich um, und ihre Augen wurden groß, als sie erkannte, zu wem es gehörte: Mika. Sie rannte über die weitläufige Koppel neben Herrn Kaans Wohnwagenplatz und der schwarze Hengst folgte ihr mit wehender Mähne. Ihre Bewegungen wirkten dabei wie selbstverständlich aufeinander abgestimmt. Ein Ballett ohne Choreographie.

Maria bekam unwillkürlich eine Gänsehaut. So glücklich hatte sie ihre Enkelin noch nie gesehen. Und auch das Pferd nicht. Ostwind. Den Namen auch nur zu denken, fiel ihr immer noch schwer. Unwillkürlich tastete sie nach ihrer steifen Hüfte. An den Knochen, den der Hengst ihr bei seiner panischen Flucht zertrümmert hatte. Wenn sie ihn so sah... Maria gab sich einen Ruck, sie hatte jetzt keine Zeit für sentimentales Zeug. Sie hatte etwas zu erledigen. Energisch setzte sie ihren mühsamen Marsch fort.

»Kaan?«, rief Maria noch einmal und klopfte zum dritten Mal gegen die Tür des Wohnwagens. Sie trat zurück und ließ ihren Blick über den Lagerplatz schweifen: Kaans improvisiertes Reich, in dem er schon seit 20 Jahren lebte.

Sie hob die Hand, um ein viertes und letztes Mal zu klopfen, als sich die Tür knarzend öffnete. Der alte Mann war noch unrasierter als sonst. Seine grauen Haare standen in alle Richtungen und er sah Maria gleichmütig an: »Ja?«

Maria stieß einen Seufzer der Erleichterung aus. »Kaan! Na, Gott sei Dank, du bist…«, setzte sie an, sein Gesichtsausdruck ließ sie den Satz jedoch nicht zu Ende sprechen. Stattdessen sagte sie nur knapp: »Wir haben dich beim Abschlusstraining vermisst.«

Herr Kaan erwiderte nichts.

Sein Schweigen bewirkte bei Maria das Gegenteil. Sie plapperte los: »Du kannst dir ja vorstellen, drüben herrscht das absolute Chaos. Erst haben sie den Oxer falsch herum aufgebaut, dann haben sie ihn viel zu nah an das Doppelrick gestellt und zu allem Übel…«,

»…hast du Hanns de Burgh eingeladen und kommst nun, um es mir in letzter Minute mitzuteilen«, vollendete Kaan ihren Satz. In seiner Stimme lag kalter Zorn.

Maria sah ihn überrascht an. »Das habe ich allerdings«, entgegnete sie fast trotzig. »Ich dachte, selbst du würdest einsehen, dass Kaltenbach eine Zukunft braucht. Sonst sind wir am Ende. Und deshalb werde ich versuchen, Hanns morgen als Springtrainer zu gewinnen.«

Kaan sah sie entgeistert an. »Kaltenbach hat eine Zukunft, aber sicher keine mit Hanns. Hast du wirklich gar nichts aus deinen Fehlern gelernt?« Er klang ehrlich bestürzt.

Marias Züge wurden hart. »Ich weiß, es mag für jemanden, der lebt wie du, unverständlich sein, aber wir anderen müssen mit der Zeit gehen. Nur Pensionspferde reicht heutzutage nicht mehr. Kaltenbach braucht ein Markenzeichen, etwas Besonderes – wie diese Faceburg, wo alle hinwollen! Hanns *ist* etwas Besonders. Das weißt du so gut wie ich!« Sie sah ihn herausfordernd an.

Herrn Kaans Blick schweifte ab. »Ja, er ist besonders. Besonders gefährlich.«

»Kaltenbach wird untergehen, wenn er nicht kommt!«, presste Maria hervor und erschrak selbst über ihre zitternde Stimme.

Kaan schüttelte traurig den Kopf. »Kaltenbach wird untergehen, wenn er kommt. Aber ich werde nicht hier sein, um zuzusehen.« Und damit schloss er die Tür vor Marias Nase.

Maria hätte am liebsten dagegengeschlagen, das Holz zertrümmert – stattdessen straffte sie ihre Schultern. »Weltfremder alter Starrkopf!«, murmelte sie und wandte sich zum Gehen. Er würde schon sehen, dass sie recht hatte. Ob er wollte oder nicht.

In der Ferne schlug eine Kirchturmglocke: einmal tief, zweimal hoch. Halb zwei. Mika stand mit Ostwind an der Weggabelung, an der sie Milan das erste Mal getroffen hatte. Die Nacht war besonders dunkel, denn der Mond hatte sich hinter einer dichten, düsteren Wolkendecke versteckt.

Mika zitterte, obwohl die Luft noch warm war. Sie war aufgeregt. Ostwind stand ruhig neben ihr, nur seine Ohren zuckten erwartungsvoll. Mika wartete auf das sich langsam nähernde Knattern eines alten Mopeds, während sie nervös auf ihrer Unterlippe kaute. Was hatte sie sich nur gedacht, als sie Milan letzte Nacht versprochen hatte, 33 zu befreien?

Gestern hatte sie sich stark gefühlt, jetzt war ihr mehr als mulmig. Welche Chance hatten sie schon, zu zweit gegen Milans Stiefvater?

Sie fröstelte bei dem Gedanken. Der Ungar. Und sie war im Begriff, Ostwind zu ihm zu bringen. Direkt in die Höhle des Löwen.

Die Turmuhr schlug jetzt zweimal und Milan war immer noch nicht da. Mikas Ruhelosigkeit hatte nun auch Ostwind erfasst, der unruhig schnaubte und mit den Hufen scharrte. Dann blähten sich seine Nüstern, als würde er etwas wittern. Ein Ohr klappte zur Seite. Und nun spürte sie es auch. Die Anwesenheit eines anderen Menschen, ganz in der Nähe.

»Milan?«, rief Mika ins Dunkel – viel mutiger, als sie sich fühlte.

»Da muss ich dich jetzt leider enttäuschen!«, knurrte eine Stimme zurück.

Mika blieb fast das Herz stehen. Das war doch ... »Sam!?«

Zwei große Silhouetten trennten sich von den nächtlichen Schatten und kamen langsam auf sie zu. Und nun erkannte Mika, dass es zwei Pferde waren: Hugo, der riesenhafte Rappe, der Sam und Fanny auf seinem breiten Rücken trug, und Archibald mit Tinka, der neben dem Kaltblut aussah, als hätte man ihn zu heiß gewaschen.

»Wir dachten, du könntest vielleicht Verstärkung gebrauchen?«, sagte Fanny und grinste Mika abenteuerlustig an.

»Und wir sind auf alles vorbereitet!«, sprang Tinka ihr bei. Sie drehte sich und präsentierte einen prall gefüllten Wanderrucksack auf ihrem Rücken, der aussah, als würde sie auf Weltreise gehen.

Als sie Mikas etwas skeptischen Blick bemerkte, fügte sie noch schnell hinzu: »Nur das Nötigste.«

Sam sagte nichts, er schmollte immer noch. Aber er war gekommen.

»Ich fass es nicht, ihr seid echt hier«, stotterte Mika gerührt. Man hörte den schweren Stein förmlich von ihrem Herzen fallen. »Aber woher...?«

»Na ja, als Tinka uns erzählt hatte, was dieser Milan gesagt hat, dachten *wir*«, bei diesen Worten knuffte Fanny Sam in die Seite, »dass du da nicht alleine hingehen solltest. Ins *Herz der Finsternis*.«

Sam schwieg und bemühte sich, so auszusehen, als sei er absolut gegen seinen Willen mitgekommen.

»Apropos: Wo steckt denn Milan?«, fragte Fanny.

Mika hob die Schultern. »Ich weiß es nicht«, erwiderte sie besorgt.

Die Freunde sahen sich an. Das konnte nichts Gutes bedeuten, aber keiner wollte es aussprechen. »Findest du den Weg auch ohne ihn?«, fragte Sam schließlich barsch.

Mika sah Ostwind an, der ihren Blick ruhig erwiderte. Sie nickte. »Er findet ihn.«

»Na, dann. Jetzt, wo wir schon alle hier sind, mitten in der Nacht, können wir das genauso gut durchziehen.«

Mika hielt Sams Blick stand und sie trafen eine stille Übereinkunft: Es gab jetzt kein Zurück mehr.

Dann kletterte Mika auf Ostwinds Rücken, Fanny klammerte sich an Sam, Tinka schob ihren Rucksack zurecht, und gemeinsam ritten die vier Freunde durch die Nacht dem Abenteuer entgegen.

Es war immer noch stockdunkel, als sie ankamen, und Mika war sogar ein bisschen erleichtert, dass ihre Freunde nicht sehen konnten, wie unheimlich der Hof des Ungarn aussah. Auf dem Weg hierher hatten sie, dank Fannys und Tinkas Bemühungen, ein Gespräch in Gang gehalten, aber jetzt sprach niemand mehr ein Wort. Obwohl man nichts sehen konnte, schienen alle die Trostlosigkeit dieses Ortes zu fühlen.

Fanny schlang ihre Arme fester um Sam, und Tinka krallte ihre Finger in Archibalds Mähne.

Mika ritt mit Ostwind voraus. »Wir sind da«, flüsterte sie schließlich, als sie nur noch wenige Meter von dem großen Tor entfernt waren. Sie glitt von Ostwinds Rücken und gab Sam mit einem Zeichen zu verstehen, dass sie stehen bleiben sollten. Leise schlich sie zum Tor und spähte durch die Gitterstäbe. Wie immer lag das Gehöft da wie ein schlafendes Ungeheuer in der Dunkelheit.

Vorsichtig drückte Mika gegen das Tor, doch es bewegte sich nicht. Es war, wie sie jetzt sah, nicht nur abgesperrt wie sonst, sondern jemand hatte die Torflügel zusätzlich mit einem schweren Kettenschloss gesichert. Ungläubig tasteten Mikas Hände über die rostige Eisenkette. Mist! Mist! Mist! Das konnte doch nicht wahr sein!

Plötzlich hörte sie ein Rascheln und dann tauchte Milan aus dem Schatten auf. Offenbar hatte er hinter dem Tor im Gras gesessen und auf sie gewartet.

»Mika! Du musst wieder verschwinden«, hörte sie sein eindringliches Flüstern aus der Dunkelheit, und sein besorgtes Gesicht tauchte nun dicht vor ihr auf. »Er hat von der Sache Wind bekommen. Es hat keinen Sinn.«

Mika spürte, wie Wut in ihr aufflammte. »Aber das geht nicht!«, sagte sie trotzig – und zu laut.

»Bitte! Es ist zu gefährlich. Und außerdem... komm ich nicht raus und du kommst nicht rein.«

»*Wir* kommen schon rein«, ertönte es grimmig hinter Mika, als Sam, Fanny und Tinka sie umringten wie Bodyguards.

Milan wich erschrocken zurück und sah Mika fragend an. »Alles okay. Sie wollen helfen.«

»Tinka? Maschendrahtzaun«, sagte Sam – und auf dieses Stichwort hin zog Tinka eine große Zange mit langen Griffen aus ihrem Rucksack. »Bolzenschneider«, erläuterte sie eifrig und reichte ihn an Sam weiter.

»Haben wir gleich«, sagte er und begann, mit geübten Handgriffen ein Loch in den Maschendraht zu knipsen.

Mika grinste. Sie war plötzlich sehr stolz auf ihre Freunde.

Es dauerte ein bisschen, bis das Loch groß genug war, aber nach einer halben Stunde waren sie alle vier auf der anderen Seite.

Nur Milan war noch nicht überzeugt. »Und was ist mit

ihm?« Er zeigte auf Ostwind, der neben Archibald und Hugo auf der anderen Seite stand.

Während die beiden anderen Pferde bereits ruhig grasten, sah er aufmerksam zu ihnen hinüber. »Das war doch der Plan, oder? Ohne ihn bewegt sich 33 keinen Meter.«

Tinka sah Fanny an, Fanny sah Mika und Mika sah Sam an. »Er hat recht. Bis wir das Loch so groß haben, dass Ostwind durchpasst, das dauert... zu lang«, gab er zerknirscht zu.

Mika dachte angestrengt nach. Es musste eine Lösung geben. Sie musste nur draufkommen. Sie sah sich den hohen Zaun an, den Ostwind bislang immer wieder vergeblich versucht hatte zu überspringen. Den Stacheldraht, der sich dort ringelte.

Sie griff in die rostigen Maschen des Zaunes und pfiff leise durch die Zähne. Auf der anderen Seite setzte sich Ostwind in Bewegung und kam zu ihr, bis sie sich am Zaun gegenüberstanden. Mika berührte seine Stirn und flüsterte ihm etwas ins Ohr. Die anderen standen nur da und sahen ihr zu.

»Was wird das?«, flüsterte Fanny Sam zu, doch der hob nur ratlos die Schultern.

Am Zaun machte Ostwind kehrt und trabte in den Wald zurück.

»Wo geht er jetzt hin?«, fragte Fanny erneut, die es nur schwer ertragen konnte, wenn sie etwas nicht verstand.

Mika wandte sich an Tinka. »Hast du eine Wolldecke oder so was?«

Tinka nickte. »Am Sattel!« Sie flitzte wie ein Wiesel

durch das enge Loch im Zaun und war fast im selben Augenblick mit einer grauen Wolldecke zurück.

Mika faltete sie einmal, warf sie über den Stacheldraht. Nicht perfekt, aber besser als nichts. Sie stieß erneut einen leisen Pfiff aus.

Sams Augen wurden groß, als er verstand, was sie vorhatte. »Das kann jetzt nicht dein Ernst...«, begann er, doch dann hörten sie es. Spürten es vielmehr: kleine Vibrationen im Boden, die immer stärker wurden. Instinktiv wichen alle zurück, um Platz zu machen, für etwas, das keiner von ihnen für möglich hielt.

Keiner außer Mika. Die wusste, dass es Momente gab, in denen man über sich selbst hinauswachsen musste. Und das hier war so ein Moment.

Mika drückte Sams Arm. »Du hast selber gesagt, er ist nicht umsonst ein Springpferd«, flüsterte sie.

Und dann brach der schwarze Hengst aus dem Wald, flog durch die Dunkelheit auf sie zu. Fannys Kinnlade klappte nach unten, Tinka hielt sich die Augen zu. Er war fast am Zaun angekommen und wurde immer noch schneller.

»Spring!«, entfuhr es Sam unwillkürlich. Ostwind war nur noch wenige Meter entfernt, und für einen Moment sah es aus, als wollte er einfach durch den Zaun hindurch. Dann sprang er ab – und flog über den hohen Zaun hinweg, auf die andere Seite.

Entgeisterte Gesichter und offen stehende Münder empfingen ihn. »Ich glaube, das war jetzt Weltrekord«, flüsterte Tinka.

»Wird wohl nur nie jemand erfahren«, flüsterte Fanny zurück.

»Wahnsinnssprung«, sagte Sam und klang zum ersten Mal wieder wie er selbst.

Mika klopfte ihrem Pferd stolz auf den Hals. Das hier war besser, als jeder Turniersieg je sein könnte!

Doch jetzt war keine Zeit für große Emotionen. Milan erinnerte sie daran, warum sie hier waren. »Wir müssen uns beeilen. Der Stall ist da hinten. Und seid bloß leise.«

Im Gänsemarsch liefen die fünf Befreier über den dunklen Hof, und Ostwind folgte ihnen lautlos, als hätte er Samt unter den Hufen. Plötzlich blieb Fanny so abrupt stehen, dass Sam ihr in den Rücken lief und die ganze Kette schwankte wie Dominosteine. Sie hob die Hand, als meldete sie sich in der Schule.

»Was ist denn jetzt schon wieder?«, flüsterte Mika leicht genervt.

Fanny zischte zurück: »Ich weiß ja nicht, wie perfekt euer Plan ist, aber wie genau kommen wir mit *zwei* Pferden zurück über diesen Zaun?«

Niemand antwortete.

Fanny schlug sich gegen die Stirn. »Brillant! Ihr seid ja mal wirklich Profis!«

»Was heißt da ihr!«, zischte Sam empört zurück.

»Ruhe!« Das war Tinka, die für ihre zehn Jahre erstaunlich bestimmt klingen konnte. Sie wandte sich an Milan. »Wo hat der Ung… also, dein Stiefvater denn die Schlüssel für das Tor?«

»Wahrscheinlich in seiner Jackentasche. Oder nein, auf dem Nachttisch.«

»Hmm...« Tinka dachte angestrengt nach. Dann nahm sie ihren Rucksack ab, wühlte darin herum »Welches Fenster ist sein Schlafzimmer?«

»Das mittlere im Erdgeschoss«, antwortete Milan. »Warum?«

Tinka nickte nur entschlossen. »Wir holen die Schlüssel, ihr holt das Pferd.«

Sie zeigte auf Fanny. »Und du kommst mit mir.«

Fanny wurde kreidebleich. »Ich?« Sie hob die Hände. »Also, ich weiß nicht. Wenn in Filmen so was passiert, mach ich immer die Augen zu oder geh aufs Klo, und ich glaube nicht...«

»Wir treffen uns am Tor«, sagte Tinka unbeeindruckt von Fannys Einwänden. »Los!« Und damit marschierte sie furchtlos in Richtung des düsteren Wohnhauses, in dem der Ungar lag und den Schlaf des Ungerechten schlief. Fanny blieb nichts anderes übrig, als ihr zu folgen.

Nachdem sie gegangen waren, schlichen die anderen weiter, bis sie vor dem Tor der heruntergekommenen Scheune ankamen.

»Ich dachte, wir gehen zum Stall?«, fragte Sam.

»Das ist der Stall«, antwortete Mika traurig.

Milans Miene verdüsterte sich. »Wir müssen vorsichtig sein«, sagte er, die Hand schon am Griff des Scheunentors. »Die anderen Pferde dürfen nicht unruhig werden. Das hört mein Stiefvater sofort.«

Sam sah ihn entgeistert an. »Und dann wollt ihr mit Ostwind da rein? Wie habt ihr euch das vorgestellt? Das ist ein Hengst, kein Zirkuspony.«

Mika nickte zögernd. »Er hat recht. Die anderen Pferde würden wahrscheinlich ausflippen.«

Milan schüttelte enttäuscht den Kopf. Je weiter sie kamen, desto absurder wurde das ganze Unterfangen.

Bevor er etwas erwidern konnte, zog Mika die Tür auf. »Wir lassen ihn hier, gehen rein und schauen. Vielleicht lässt sie sich ja überreden«, fügte sie hinzu.

Milan seufzte. »Wohl kaum. Ich hab wirklich schon alles versucht.« Trotzdem folgte er Mika, die zielstrebig vorausgegangen war.

Sam folgte ihm ebenfalls und zog leise das Tor hinter sich zu. Ostwind blieb alleine zurück. Seine Nüstern zitterten, aber er gab keinen Laut von sich. Fast so, als wüsste er, wo er hier war – und was auf dem Spiel stand.

Drinnen hielt Sam sich die Nase zu. Es roch schrecklich. Nach saurer Milch und Verzweiflung. Mika und Milan gingen zielstrebig voran, doch Sam sah den Stall des Ungarn zum ersten Mal. Die ausgemergelten Pferde in viel zu engen Boxen, verwahrlost, hoffnungslos. Genau wie Mika bemerkte auch er die hilflosen Versuche, den Pferden ihre traurige Existenz hier erträglicher zu machen. Und mit einem Schaudern wurde ihm klar, dass Milan dasselbe tat wie er auf Kaltenbach. Nur dass er es hier tun musste – ohne Hilfe und ohne Mittel.

In dem Moment drehte Milan sich um und sah Sam an. Ihre Augen trafen sich und Sam nickte ihm zu. Die stumme

Anerkennung war genug. Er war jetzt kein Dieb mehr, sondern einer von ihnen.

Zusammen bogen sie nun um die Ecke, hinter der Mika schon die Box aufgeschoben hatte. Die weiße Stute stand noch immer mit gesenktem Kopf da, doch ihre Augen waren wach und ihre Ohren registrierten Mika, als sie zu ihr trat.

»Hey, 33. Wir holen dich jetzt hier raus«, flüsterte Mika und strich ihr sanft über den Kopf. Die Schimmelstute sah viel besser aus als noch vor einer Woche. Die große Wunde am Bauch hatte gut begonnen zu verheilen, ihre Augen waren klarer und Milan hatte sich offensichtlich beim Striegeln besonders viel Mühe gegeben, denn das ehemals graue, stumpfe Fell leuchtete strahlend weiß.

Mika hielt ihren Arm unter die Nase des Pferds. »Ostwind ist hier, weißt du? Da draußen. Du musst nur mitkommen«, murmelte sie sanft.

33 schnupperte nur einmal fahrig über Mikas Arm und zeigte sonst keine Regung.

Mika fasste ihren Hals, als sie jedoch den Widerstand bemerkte, ließ sie wieder los. »Komm mit, ja?«, sagte sie und spürte gleichzeitig, wie aussichtslos diese Bitte war. 33 bewegte sich einfach nicht.

Mika drehte sich zu den beiden Jungs um. Sam und Milan, die brüderlich nebeneinanderstanden und sie erwartungsvoll ansahen.

Sie schüttelte den Kopf. »Sie will nicht. Je mehr man sie drängt, umso weniger will sie mitkommen.«

Mika sah, wie die letzte Hoffnung aus Milans Augen verschwand. »Okay. Dann wollen wir euch wenigstens hier heil rausbringen. Wir haben es immerhin versucht«, sagte er tapfer.

Widerstrebend trat Mika aus der Box. Milan war gerade dabei, die Tür wieder zuzuschieben, als sie eine Idee hatte.

Sie hielt seinen Arm fest. »Lass die Box offen. Vielleicht will sie alleine entscheiden, wann und ob sie gehen will.«

Die beiden anderen sahen nicht überzeugt aus, doch sie folgten Mika durch die lange Gasse zurück zum Scheunentor. Sie öffnete es und Sam fühlte erleichtert die kühle, saubere Nachtluft in seinen Lungen. Ostwind hatte still vor dem Tor gewartet, das Mika nun ganz aufzog. Ein paar Pferde scharrten unruhig mit den Hufen, als der Wind den Geruch des fremden Hengstes in den Stall trug, doch sonst geschah nichts.

Ostwind wieherte leise und wartete. Nur ein sachtes Zittern lief über sein schwarzes Fell. Milan, Mika und Sam warteten schweigend. Sam wollte gerade den Mund aufmachen, als sie es hörten. Klock-Klock-Klock-Klock.

Unverkennbar: Das war das Geräusch von Pferdehufen auf einem Steinboden. Ostwind rief noch einmal und diesmal hielten alle den Atem an. Ein weißer Kopf war am Ende des langen Ganges aufgetaucht. Dann ein Hals, ein Pferdebein. Langsam und noch etwas unsicher stakste 33 um die Ecke.

Milan grinste glücklich und Sam drückte Mikas Arm. Und dann sahen die drei zu, wie das weiße Pferd den dunklen Gang entlangkam, langsam, aber sicher auf sie zu.

Ungefähr zur selben Zeit steckten Tinka und Fanny bereits mitten in ihrer »Mission Schlüsseldienst«. Tinka hing vor dem Fenster, hinter dem Karl Ungar schnarchte, und schwankte dabei wie eine Boje bei Sturmflut. Was daran lag, dass sie auf Fannys Schultern stand.

»Geht's noch?«, flüsterte sie nach unten zu Fanny, deren Gesichtsfarbe schon ins Dunkelrote ging.

»Krch-krch«, keuchte Fanny zurück, was so viel wie »Keine Sekunde länger!« bedeuten sollte.

Doch Tinka ließ sich nicht beirren. Sie schob leise den Fensterladen auf und spähte ins schummrige Zimmer. Ein laufender Fernseher ohne Ton flackerte und beleuchtete das Bett, auf dem eine unförmige Gestalt unter einer Decke lag und röchelnd grunzte.

»Da ist tatsächlich ein Schlüsselbund. Auf dem Nachttisch, wie er gesagt hat!«, vermeldete sie leise, während Fanny schon Schnappatmung hatte.

Tinka schwankte bedrohlich, als sie einen kleinen Stabmagneten aus ihrer Hosentasche fischte, an dem ein längeres Stück Wäscheleine befestigt war.

Fanny stemmte sich gegen die Hauswand und sah nach oben. »Das ist dein Plan? Ernsthaft?«, knirschte sie zwischen zusammengebissenen Zähnen.

»Keine Sorge«, flüsterte Tinka zuversichtlich. »Das ist ein extrastarker Neodym-Magnet und ich war beim Angelspiel immer die Beste.«

»Orr!«, gab Fanny zurück und verdrehte die Augen, während Tinka auf ihren Schultern tief Luft holte. Sie holte aus und warf den Magneten in Richtung Nachttisch.

Mit einem satten Plopp landete er – mitten auf dem Bauch der schlafenden Gestalt, der sich unter der Decke hob und senkte. O nein!

Tinka erstarrte, doch nichts geschah. Vorsichtig manövrierte sie den Magneten mit der Schnur nach rechts. Er fiel auf die Matratze und wanderte von dort weiter, bis er endlich auf den Nachttisch plumpste.

»Uff!«, entfuhr es Tinka.

»Grrrrumpf«, raunte der Ungar laut und wälzte sich auf die andere Seite.

Tinka zuckte zusammen und schwankte bedrohlich. Unter ihr keuchte Fanny: »Argh!«

»Pscht!«

Fanny zischte zurück: »Mach schnell, meine Beine sind nur noch Wackelpudding!«

Hochkonzentriert zog Tinka den Magneten ein Stück weiter, und endlich ertönte das Klacken, mit dem der Magnet sich an etwas Metallischem festsaugte.

»Hab ihn«, jubelte Tinka lautlos.

Vorsichtig holte sie die Schnur wieder ein, bis sie einen Widerstand spürte. Sie zog fester, aber irgendwas hatte sich offenbar verhakt. Sie beugte sich vor, um zu sehen, was es war, als sie plötzlich einen halben Meter tiefer sank. Fanny war eingeknickt.

»Ich... kann... nicht... mehr«, schnaufte sie entschuldigend. Mit dem Mut der Verzweiflung riss Tinka ein letztes Mal an der Schnur. KLIRR!

Tinka purzelte überrascht ins Gras, als ein fußballgroßes Bündel durch das offen stehende Fenster geschossen kam und dabei eine der Scheiben durchschlug, während Fanny unter ihr zusammensackte wie eine leere Luftmatratze. Beide starrten entgeistert auf den riesigen Metallklumpen, der neben ihnen auf dem Boden lag. Der Magnet hatte auf seinem Weg zum Fernster offenbar noch andere Metallgegenstände aufgesammelt: eine Taschenlampe, Kleingeld, ein Taschenmesser, einen Schraubenzieher... aber auch einen Schlüsselbund!

»Ja!«, jubelte Tinka, und beide vergaßen für einen Moment, wie laut das alles gewesen sein musste.

Unglaublich laut nämlich. Im nächsten Moment ging auch schon das Licht über ihnen an. Tinka schnappte sich den Schlüsselbund, als Fanny schon losrannte. Eins war klar: Jetzt zählte jede Sekunde!

Sie rannten, was das Zeug hielt, und stießen fast mit den anderen zusammen, die vor dem offenen Scheunentor herumstanden und aussahen, als wäre gerade Weihnachten.

»Wir...«, begann Tinka und vergaß prompt, was sie sagen wollte, als sie die schneeweiße Stute entdeckte, die neben Ostwind stand. Ihre Augen weiteten sich.

»Ihr...«, stammelte sie und vergaß erneut, wie es weiterging.

Mika grinste. »Jawohl. Wir haben's geschafft. Das ist 33.«

Endlich kam auch Fanny angehechelt.

»Und ihr?«, fragte Sam gespannt.

»Schlüssel... Magnet... dann... Fensterscheibe... und... Boom!«, brachte Fanny unzusammenhängend hervor.

Mika half mit Fragen nach. »Heißt das, ihr habt die Schlüssel?«

Fanny nickte schnaufend.

»Und was war mit Magnet und Fensterscheibe?«, hakte Milan nach, doch statt einer Antwort zerriss ein Knall die Luft. Die Pferde tänzelten erschrocken zur Seite, die Freunde sahen sich entgeistert an. War das etwa…

»Er schießt! Aus dem Fenster! Wir müssen hier weg«, rief Sam, als gleichzeitig Außenscheinwerfer ansprangen und alles um sie herum in grelles Flutlicht tauchten.

»Ihr habt ihn geweckt!«, schrie Milan, und dann rannten sie los. Tinka war als Erste am Tor und fummelte den Schlüssel ins Schloss. Es sprang auf. Jetzt noch die Kette und endlich konnten sie das Tor aufstemmen.

Sam und Fanny schossen hindurch, dann liefen alle drei zu ihren Pferden. Sie hörten eine Männerstimme fluchen, dann einen weiteren Schuss.

»Schneller!«, brüllte Sam, als sich die Tür des Wohnhauses öffnete und eine dunkle Gestalt auf der Schwelle erschien. Der Ungar.

Mika war schon fast beim Tor, als Ostwind plötzlich stoppte. Er bäumte sich auf und wieherte. Mika drehte sich um und sah 33, die in dem gleißenden Scheinwerferlicht stand wie festgefroren. Panik flackerte in ihren Augen.

Milan war an ihrer Seite und auch sein Gesicht war angsterfüllt.

»Du musst reiten«, rief Mika ihm zu.

»Aber… ich bin sie noch nie geritten!«, gab er ängstlich zurück.

»Sie kommt aber nicht mit ohne dich!«

Milan starrte sie unentschlossen an.

»LOS!«, brüllte Sam von draußen.

Als der nächste Schuss fiel, zögerte Milan nicht mehr. Er sprang auf den Rücken der Stute und griff in ihre Mähne.

»Lauf!«, flüsterte er ihr zu, und es schien, als habe 33 nur auf dieses Wort gewartet, um endgültig aufzuwachen. Ostwind wieherte laut und sie flog auf ihn zu. Ihre Hufe berührten kaum den Boden, als sie hinter ihm durch das Tor in die Freiheit galoppierte.

Das Eichhörnchen ließ die Nuss, an der es gerade knabberte, erschrocken fallen und flüchtete in ein Astloch, als das Donnern der Hufe den Waldboden erzittern ließ. Die Bewohner des Waldes würden sich noch lange an diese Nacht erinnern, in der vier Pferde und ihre Reiter zwischen den Bäumen hindurchpreschten, als würden sie vom Teufel gejagt: Ostwind und 33 an der Spitze, dahinter Hugo, auf dessen Rücken Fanny ihre Arme so fest sie konnte um Sam geschlungen hatte. Das gewaltige Shire Horse war erstaunlich schnell, und Archibald hatte Mühe, nicht zurückzufallen.

So jagten sie durch den nächtlichen Wald und ließen mit jedem Meter die Düsternis des Ungar-Hofes weiter hinter sich zurück.

Im Osten wurde es bereits heller, als die Befreiungstruppe Herrn Kaans Koppel erreichte. Müde, aber glücklich rutschten sie von den Pferden. Jetzt, wo Aufregung und Anstrengung von ihnen abfielen, merkten alle plötzlich, wie erschöpft sie waren.

Tinka sank schlaftrunken ins weiche Gras, ohne Archibald von seiner Trense zu befreien, und auch Sam verabschiedete sich schnell. Er musste nach Kaltenbach, Hugo zurück in seine Box bringen und Fanny in ihr Bett.

Zum Abschied gab er Milan förmlich die Hand. »Das war ziemlich mutig.«

Milan lächelte schüchtern, dann schlug er ein. »Von euch erst.«

Sam nickte ernst. »Und es ist auch noch nicht zu Ende.«

»Ich weiß«, erwiderte Milan, »aber es ist ein Anfang.«

Einen Moment standen die vier noch da und sahen Ostwind und 33 zu, die dicht beieinander unter der alten Eiche standen wie zwei Puzzleteile, die endlich wieder zusammengefunden hatten.

Schließlich lehnte sich Fanny müde an Sams Schulter und gähnte. »So langweilig ist das Landleben gar nicht.«

Sam sah liebevoll auf sie hinab. »Sag ich doch.« Und zu Mika: »Wir sehen uns morgen. Die Classics…«

Mika nickte nur. »Gute Nacht.«

»Gute Nacht!«

Mika und Milan saßen an den mächtigen Stamm der großen Eiche gelehnt. Die Pferde standen in einiger Entfernung, die Köpfe gesenkt. Mika sah sie an und spürte zum ersten Mal seit sie wieder in Kaltenbach war, dass Ostwind ganz bei sich war. Seine Unruhe war verflogen. Er war hier.

Als hätte er ihre Gedanken gelesen, sagte Milan: »Sie ist richtig glücklich.«

»Er auch«, antwortete Mika. Dann schwiegen sie.

Irgendwann drehte Mika den Kopf ein bisschen und blickte zu Milan, der immer noch 33 beobachtete. Seine dunklen Locken hingen ihm wirr ins Gesicht. Er hatte eine blutige Schramme auf der Wange, aber seine Augen leuchteten. Glühten richtig. Mika fühlte sich leicht. Und dieses komische Kribbeln war wieder da, wie ein Schmetterling, den sie verschluckt hatte und der nun verzweifelt einen Weg nach draußen suchte.

Milan drehte sich zu ihr und stützte dabei seinen Arm auf Mikas Knie, was sich anfühlte, als wäre sie vom Blitz getroffen. »Mika?«, fragte er.

»Äh ... ja.?« Plötzlich war Milans Gesicht ganz nah. Der Schmetterling flog eine Attacke in ihrem Bauch. »Danke«, sagte er leise.

Und dann küssten sie sich, als sei es das Normalste auf der Welt und der Schmetterling kam frei und flatterte überglücklich in den Himmel, an dem sowieso gerade die Sonne aufging.

12. Kapitel

»Entschuldigt die Störung«, sagte eine höfliche Stimme, »ich wollte mich nur vergewissern, dass du daran denkst, dass heute das Turnier ist. Die Kaltenbach Classics!«

Mika öffnete verschlafen ein Auge und blinzelte Tinka an. »Also genauer gesagt: *in zwei Stunden*«, fügte sie hinzu.

»Was? Wie? Schon?« Mika fuhr erschrocken hoch und weckte damit Milan, der neben ihr eingerollt im Gras lag. Sie sprang auf und blickte suchend über die Wiese. Fand Ostwind, der bereits auf den Beinen war und 33 zu bewachen schien, die neben ihm im Gras lag. Als er sah, dass Mika wach war, kam er auf sie zu.

»Wir müssen los!«

Milan stand auf, rieb sich die Augen und lächelte Mika an. »Hey, das wird schon«, sagte er beruhigend und nahm ihre Hand.

Mikas Herz klopfte wie ein Specht gegen einen Baum. Zu gerne wäre sie hiergeblieben, bei Milan und 33, aber Ostwind und sie mussten nach Kaltenbach. Sie hatte es versprochen. Alles brach nun wieder über sie herein: die Classics, Hanns de Burgh, ihre Großmutter.

»Kommst du mit?«, fragte Mika, als sie von dem alten Baumstumpf aus auf Ostwinds Rücken kletterte. »Bitte.«

Doch Milan schüttelte den Kopf. Er sah ernst aus. »Ich geh zurück«, sagte er leise. »WAS?«

Ostwind legte erschrocken die Ohren an, so laut hatte Mika das gesagt.

»Bist du verrückt? Der hat auf uns geschossen! Was willst du ihm denn erzählen? Dass du nur mit ein paar Freunden Räuber und Gendarm gespielt hast?« Mika zitterte. Ihre Gefühle waren ein einziges Durcheinander!

Milan versuchte, sie zu beruhigen. »Keine Sorge, mir fällt schon was ein. Kümmere du dich um deine Probleme, ich kümmere mich um meine«, fügte er hinzu, und es klang ziemlich endgültig.

»Kommst du dann wenigstens zu dem Turnier?«, fragte sie trotzig.

»Na klar«, antwortete er, aber es klang nicht sehr überzeugend. »Viel Glück!«

»Dir auch«, antwortete Mika und wendete Ostwind, bevor Milan sehen konnte, wie schwer ihr der Abschied fiel.

Sie ritten langsam zum Ende der Koppel, vorbei an Archibald und Frau Holle, die schon wieder verliebt nebeneinander grasten. Ostwind wieherte 33 zu, die sich erhob, als sie sich näherten.

Mika klopfte dem Hengst auf den Hals. »Keine Sorge. 33 ist hier sicher. Und wir müssen jetzt dieses Ding gewinnen, damit ihr hierbleiben könnt.«

Ostwind schnaubte und knuffte 33 in die Seite, bevor sie aufbrachen. Am Gatter drehte Mika sich noch einmal um, aber unter der alten Eiche war niemand mehr.

Erst als sie lostrabten, merkte Mika, dass sie alles andere

als ausgeschlafen und gut vorbereitet waren. Hatten sie so überhaupt eine Chance auf einen Sieg bei den Classics – verpennt, verliebt und völlig durch den Wind? Egal!

Im Moment fühlte sie sich jedenfalls noch, als könnte sie Bäume ausreißen.

Ostwind verlangsamte sein Tempo automatisch, als sie an Herrn Kaans Wohnwagen vorbeiritten. Vielleicht würde sie ihren Meister ja noch erwischen und sie könnten gemeinsam nach Kaltenbach gehen?

Und tatsächlich, sie hatte Glück: Herr Kaan war noch da. Er fegte gerade die sauber abgeräumte Hobelbank vor seinem Wohnwagen und bemerkte Mika und Ostwind nicht, bis sie direkt hinter ihm standen.

»Wirklich ein wunderschöner Morgen für einen Frühputz«, rief Mika strahlend, »aber sollten wir nicht langsam aufbrechen?«

Herr Kaan drehte sich zu ihr um und Mika war überrascht über den ernsten Ausdruck in seinen Augen.

»Ich werde nicht kommen«, entgegnete er ruhig.

»Aber... Sie haben es doch versprochen. Und außerdem kommt Hanns de Burgh!«, sagte Mika verständnislos. »Den müssen Sie unbedingt kennenlernen! Er ist wie... ich meine, ich hab ja nicht viel übrig für so was, aber der ist wie der Gott der Springreiter.«

Herr Kaan drehte sich um und begann, weiterzufegen. »Ich *kenne* Hanns de Burgh. Es scheint, als habe nur deine Großmutter vergessen, wer er ist.«

Mika verstand nur Bahnhof. »Aber ich habe ihn kennengelernt«, sagte sie, »und er ist nett. Er ist besonders.«

So heftig fuhr Herr Kaan zu ihr herum, dass Ostwind einen Schritt rückwärts machte. Wut blitzte in seinen Augen.

»Hanns de Burgh ist ein Wolf. Mag sein, dass er jetzt einen Schafspelz trägt, aber darunter ist ein Raubtier. Ich habe ihn trainiert. Und ich habe gesehen, was er mit den Pferden gemacht hat, um zu gewinnen. Deine Großmutter hat schon damals weggeschaut! ›Training‹ hat er das genannt – aber es war Folter!« Herr Kaan hielt atemlos inne. Er schien selbst erschrocken über seinen Ausbruch und auch Mika sah ihn mit großen Augen an. Herr Kaan wurde nie laut. Niemals.

»Sie hat sich damals gegen mich und für ihn entschieden. Und jetzt macht sie denselben Fehler wieder. Ich werde das nicht noch einmal mit ansehen«, schloss er mit ruhigerer Stimme.

Mika verstand das alles nicht. Das war zu viel Information, zu schnell. Und sie hatte auch keine Zeit, es zu verstehen, denn die Classics begannen in einer halben Stunde. »Und was ist mit mir?«, fragte sie unsicher.

»Du musst tun, was du tun musst.«

»Ich muss ihr doch helfen«, sagte Mika hilflos.

Herr Kaan nickte nur, ohne Mika anzusehen, und fegte weiter. Mika wartete noch einen Moment, ob er noch etwas sagen würde, aber das Gespräch war für ihn beendet. Was sollte sie jetzt machen?

Die Vorstellung, das Turnier nun ohne ihn durchstehen zu müssen, war schrecklich.

Mika lenkte Ostwind auf den Feldweg und galoppierte

los, doch ihre Gedanken blieben zurück bei Herrn Kaan. Alles, was Mika über Pferde wusste, hatte er ihr beigebracht. Er war ihr Meister. Und jetzt fiel es ihr auf. Es war alles so ordentlich gewesen. So leer, als würde er... als wollte er... »*Ich werde das nicht noch einmal mit ansehen!*«, hatte er gesagt.

Unwillkürlich drehte Mika sich noch einmal um – und sah den dicken Ast nicht, der tief über dem Weg hing. Zu tief. Sie fühlte einen harten Schlag, der sie so mühelos von Ostwinds Rücken fegte, als wäre sie eine Stoffpuppe. Ein dumpfer Aufprall. Dann wurde es schwarz.

Auf Kaltenbach war schon seit dem Morgengrauen die Hölle los. Pferdeanhänger standen dicht an dicht auf dem großen Hof, Pferde wurden entladen, herumgeführt, gestriegelt und gesattelt, wohin man auch blickte, und über allem flatterten Dutzende grüner Fahnen mit dem Logo des Gestüts im Wind.

Auch der Springparcours war feierlich geschmückt mit bunten Girlanden und einem großen Transparent, auf dem stand: *HERZLICH WILLKOMEN – 25 JAHRE KALTENBACH CLASSICS!*

Offenbar hatte sich zudem herumgesprochen, dass das Turnier hohen Besuch erwartete, denn es waren mehr als dreimal so viele Reporter und Fotografen gekommen wie sonst. Sogar ein Übertragungswagen mit einer großen Satellitenschüssel auf dem Dach hatte unter der alten Kastanie geparkt.

Im ersten Stock des Gutshauses eilte Maria so schnell es

mit Stock nur ging den Gang entlang. Sie trug ihr bestes Tweed-Jackett und hatte zur Feier des Tages sogar Make-up aufgelegt – das erste Mal seit zehn Jahren. Alle waren gekommen, alles war bereit, Hanns würde jeden Moment eintreffen – nur wo war ihre Enkelin?

Ohne zu klopfen, riss sie Mikas Zimmertür auf. Aber da war nur Fanny, die selbstvergessen vor ihrem Laptop kauerte.

»Wo ist Mika?«, fragte Maria streng.

Doch Fanny nahm den Blick nicht einmal vom Monitor, so gefesselt war sie. »Wissen Sie, ob es ›Kentaurin‹ oder ›Zentaurin‹ heißt? Sie wissen schon, dieses Fabeltier, halb Pferd, halb ...«

Maria unterbrach sie unwirsch: »Wo ist meine Enkelin?«

Fanny zuckte nur mit den Schultern und reagierte nicht weiter. Maria wiederholte ihre Frage noch einmal, bis es ihr zu bunt wurde und sie die Tür wortlos wieder hinter sich zuknallte.

Fanny sah verwirrt auf. War da jemand gewesen und worum ging's noch mal?

Sie schüttelte den Kopf und widmete sich wieder ihrem Artikel. Er war fertig, und sie war stolz, denn sie wusste, er war gut geworden. Sehr gut sogar. Besser als er in Paris je hätte werden können. Egal, ob sie den Wettbewerb gewinnen würde, egal, ob die Zeitung ihn abdrucken würde, sie war zufrieden mit sich. Fanny atmete tief durch, dann klickte sie auf das E-Mail-Programm. Noch einmal durchlesen, senden, fertig!

Maria war nun wirklich besorgt. Nirgends hatte sie Mika finden können – und sie sollte in weniger als zwanzig Minuten an den Start gehen! Vielleicht war sie ja mittlerweile im Stall aufgetaucht. Ärgerlich eilte sie die steinerne Treppe des Gutshauses hinunter – und lief geradewegs in die Arme von Hanns de Burgh.

»Hanns!«, sagte sie überrascht und straffte schnell die Sorgenfalte auf ihrer Stirn.

Der hochgewachsene Mann mit dem Silberhaar lächelte ein strahlend weißes Lächeln wie ein Filmstar. Er trug einen grauen Anzug und blickte Maria aus verstörend blauen Augen an, als könnte er in sie hineinsehen.

Und das konnte er offenbar auch, denn er fragte besorgt: »Alles in Ordnung?«, und drückte ihre Hand.

»Ja, ja, alles wunderbar. Es ist… Ich wollte… Schön, dass du gekommen bist!«, brachte sie schließlich zustande.

Hanns machte eine kleine Verbeugung. »Die Freude ist ganz auf meiner Seite«, sagte er und sah sich mit wehmütiger Miene um. »Ich war schon so lange nicht mehr hier, aber es fühlt sich immer noch an wie ein Zuhause«, sagte er.

Maria nickte fahrig. Ihr Blick suchte immer noch den betriebsamen Hof nach Mika und Ostwind ab. Verstohlen schielte sie auf die Uhr. In fünfzehn Minuten musste sie zum Startpunkt reiten!

Wieder schien Hanns de Burgh ihre Gedanken zu lesen. Er strich sich eine silberne Haarsträhne aus der Stirn und fragte: »Wo ist denn das Wunderpferd – oder vielmehr seine Wunderreiterin?«, korrigierte er sich amüsiert.

Maria entfuhr ein besorgter Seufzer, den sie jedoch schnell in ein damenhaftes Hüsteln verwandelte. »Sie ist …«

In diesem Moment näherte sich eine Traube kichernder Pferdemädchen mit gezückten Autogrammblöcken und Maria konnte sich aus der Affäre ziehen.

»Herr de… äh… Burgh, bekommen wir… äh… vielleicht ein… ähhh…?«, stammelte das mutigste der Mädchen und vergaß prompt den Rest seiner Bitte, als Hanns sich zu ihm umdrehte.

Die Mädchen starrten zu ihm empor, als sei er das achte Weltwunder, und Maria Kaltenbach lächelte dankbar für die Ablenkung.

Sie legte verständnisvoll eine Hand auf Hanns' Arm. »Nur zu. Ich muss ohnehin jemanden begrüßen«, sagte sie knapp und eilte über den Hof, wo, wie Maria zu ihrem Schrecken gesehen hatte, gerade der Wagen ihrer Tochter geparkt hatte. Es war nun wirklich allerhöchste Zeit, Mika zu finden!

Sie begrüßte Elisabeth und ihren Schwiegersohn Philipp. Der hatte zur Feier des Tages ein türkisfarbenes Sakko mit zitronengelber Hose kombiniert, und Maria brauchte eine Sekunde, um sich von diesem Farbenspiel zu erholen. »Wie schön, dass ihr gekommen seid!«

Elisabeth umarmte ihre Mutter, während Philipp sich munter umsah. »Wo ist denn unsere Tochter? Ich will ihr unbedingt noch Glück wünschen!«

»Ich bin gerade auf dem Weg zu ihr«, sagte Maria schnell, »aber es fängt jeden Moment an, also sichert euch lieber Plätze.«

»Das machen wir besser«, lachte Elisabeth, »hier ist ja die Hölle los! Die Classics sind eben immer noch die Classics, richtig?«

»Richtig. Bis gleich!«, erwiderte Maria erleichtert, als die beiden endlich in Richtung Halle davonspazierten.

In dem Moment kam Sam an ihr vorbeigeeilt. Er stoppte jedoch, als er das Gesicht seiner Chefin sah. »Alles in Ordnung, Frau Kaltenbach? Ist Mika gar nicht bei Ihnen?«, fragte er alarmiert.

Panik schlich sich auf Marias Gesicht »Nein! Samuel, wir müssen sie finden…«, weiter kam sie nicht mehr. Denn in dem Moment ging ein respektvolles Raunen über den ganzen Hof.

Sam, Maria und selbst Hanns de Burgh und seine Fans drehten sich um, als Ostwind langsam über den Hof in Richtung Halle trabte. Auf seinem Rücken saß Mika. Sie trug das schwarz-grüne Turnierjackett, eine blütenweiße Reithose, und ihre Füße steckten sogar vorschriftsmäßig in hohen Lederreitstiefeln.

Ein anerkennendes Lächeln erschien auf Hanns de Burghs Gesicht, als er Maria zunickte, die sich bremsen musste, um nicht auf Mika loszustürzen.

»Mika! Wo warst du nur?«, fragte sie stattdessen und lachte dabei ein bisschen zu laut.

Mika lachte nicht. Sie war blass und zuckte nur unbestimmt mit den Schultern.

Maria trat zu ihr und klopfte ihr aufmunternd aufs Bein. »Du bist sicher nur aufgeregt«, versuchte sie ihre Enkelin zu beruhigen. »Ich hatte auch immer schreckliches Lampenfieber, aber das nächste Mal sagst du bitte Bescheid, wenn du Zeit für dich brauchst, ja?«

Mika kniff die Augen zusammen und nickte abwesend.

»Du bist gleich an der Reihe, noch ein Reiter ist vor dir dran.« Maria beugte sich näher zu ihr und flüsterte eindringlich: »Gib alles, ja? Du weißt, was auf dem Spiel steht. Jetzt oder nie!«

»Hm-Hm«, brachte Mika hervor.

Maria wollte Ostwind noch einen Klapps geben, zog die Hand dann aber lieber zurück. »Los, ab zum Start.«

Ostwind schnaubte, dann setzte er sich in Bewegung. Mika schwankte ein bisschen.

»Hals und Beinbruch!«, rief Sam ihnen nach, doch Mika reagierte nicht. Sie hatte es wohl nicht mehr gehört.

Maria atmete erleichtert aus. Die 25. Kaltenbach Classics konnten beginnen!

»Hanns, kommst du? Ich zeige dir deinen Platz.«

»Und das war Marc Fridolin auf… äh?… Fridolin, mit 21 Fehlerpunkten und in einer Zeit von 114 Sekunden«, dröhnte es aus dem Lautsprecher.

Es gab einen mehr höflichen als überzeugten Applaus, als der deprimierte Reiter aus dem Parcours entlassen wurde. »Ich schwöre, die Dinger sind dieses Jahr höher!«, fluchte er, als er an Mika und Ostwind vorbeiritt. Mika bemerkte ihn kaum. Sie rückte ihren unbequemen Reithelm zurecht und fuhr vor Schmerz zusammen. Niemandem war die riesige, blutige Schramme quer über ihrer Stirn aufgefallen, die er verbarg.

»Und jetzt freue ich mich ganz besonders, Ihnen die Enkelin unserer Turnierchefin vorzustellen, die ihrem berühmten Namen heute alle Ehre machen wird: Mika Kaltenb... äh?... Schwarz. Und sie reitet ein Pferd, von dem Sie auch schon viel gehört haben dürften, der Spross einer echten Olympiasiegerin: Ostwind. Sie tragen die Startnummer 66. Mika Schwarz auf Ostwind!«

Die Lautsprecherstimme überschlug sich fast, und Mika fühlte sich ein bisschen wie im Zirkus, als sie unter dem lauten Jubel der Zuschauer in den Parcours ritt. Die Gesichter der Menge verschwammen vor ihren Augen, und Mika konzentrierte sich schnell auf Ostwinds Ohren, zwischen denen hindurch sie den sandigen Boden sah. Sie atmete schwer.

»Wir schaffen das schon«, sagte sie zu den Ohren.

Das Jubeln der Zuschauer verebbte, als sie weiter zur Startlinie ritt.

»Die hält die Zügel aber komisch!«, rief ein kleines Mädchen vorlaut.

Sam, Fanny und Tinka, die zusammen an der Bande standen, warfen sich besorgte Blicke zu.

»Mika sieht nicht besonders fit aus«, sprach Fanny aus, was alle dachten.

Sam winkte ab. »Ach was, die ist einfach aufgeregt. Die Arme.«

Sie beobachten Mika, die gerade robotergleich den obligatorischen Richtergruß absolvierte. Dann ertönte die Startglocke und von selbst galoppierte Ostwind an.

Mika krallte sich an die Zügel, aber die gaben ihr nicht genug Halt, also nahm sie sie in eine Hand und fasste mit der anderen in Ostwinds Mähne. Alles drehte sich in ihrem Kopf, sie wusste kaum, wo sie war und wer genau.

Ostwind aber, so viel spürte sie, hatte Kraft. Seit 33 frei war, war er wie ausgewechselt. Er wusste, was zu tun war. Mühelos flog er auf das erste Hindernis zu.

Mika schlang ihre Beine um seinen Bauch, und in diesem Moment wusste sie, dass sie all ihre Kraft brauchen würde, um auf seinem Rücken zu bleiben. *Du musst das alleine machen*, dachte sie, und Ostwind schien diesen Gedanken zu hören. Mühelos setzte er über die bunte Holzbarrikade hinweg. Das Publikum applaudierte verhalten. Erstaunen lag auf den Gesichtern.

Auf der Ehrentribüne beugte Hanns sich zu Maria. »Unkonventionell«, sagte er, seine Augen immer auf den Hengst gerichtet.

Ostwind war nicht zu stoppen: Er flog um enge Kurven, dass Fontänen aus Sand hochspritzten. Er übersprang den Oxer, als wäre es ein Miniaturmodell. Obwohl Mika auf ihm hing wie ein Sandsack, konnte ihn das nicht bremsen, so sehr schien der Boden unter seinen Füßen zu glühen.

Immer wieder rutschte Mika fast aus dem glatten Ledersattel, zog sich hoch, klammerte sich fest. Die Turnierzuschauer wussten nicht, ob sie applaudieren oder pfeifen sollten – so etwas hatte noch niemand gesehen.

Nun stand nur noch der Wassergraben und ein einfacher Steilsprung zwischen Ostwind und dem Ziel. Er wurde schneller, schneller, schneller – und sprang. Leicht wie eine Feder landete er auf der anderen Seite. Und dann wurde Mika endgültig schwarz vor Augen. Sie klappte vornüber und hing reglos im Sattel, doch niemand schien es in dem nun aufbrandenden Applaus zu bemerken. Das Publikum riss es von den Bänken, und der frenetische Jubel übertönte fast die Lautsprecherstimme, die verkündete, was alle bereits wussten: »*Das war Ostwind Schwarz auf Mika… äh?… umgekehrt, fehlerfrei, in einer Zeit von 47,12 Sekunden! 47,12! Das ist unglaublich!*«

Draußen dämmerte es bereits, als Mika aufwachte. Immer noch blass und mit einem großen Pflaster auf der Stirn lag sie in ihrem Bett in Kaltenbach. Fanny saß neben ihr auf der Decke ans Kopfende gelehnt und las in einem Buch.

»Wir haben gewonnen, oder?«, fragte Mika krächzend.

Fanny ließ das Buch sinken und legte den Kopf schief. »Allerdings. Ziemlich beeindruckend. Die Ohnmacht am Ende hätte ich persönlich weggelassen, zu dramatisch, aber das ist ja nur meine bescheidene Meinung.«

Mika versuchte ein Grinsen, denn trotz des flapsigen Spruchs wusste sie, dass Fanny sich Sorgen gemacht hatte. »Hm ja. Da war dieser Ast, auf dem Weg…«, setzte sie an, aber Fanny hob beschwichtigend die Hand. »Wissen wir alles schon. Sam hat es genau rekonstruiert.«

»Ah.« Mika sank erleichtert zurück.

»Du bist übrigens okay, hat der Doktor gesagt. Wird ein bisschen Kopfweh geben, aber sonst… Kopfverletzungen scheinen hier ja groß in Mode zu sein.«

»Mhm.« Mika war sehr müde. All die Aufregung, die Anstrengung und Anspannung der letzten Tage lasteten auf ihr wie Blei.

»Jedenfalls waren alle aus dem Häuschen. Erst wegen Ostwind und dem Turniersieg – und dann wegen dir, als sie gemerkt haben, dass du bewusstlos bist. Und dieser unglaublich gut aussehende grauhaarige Mann –«

Mika richtete sich plötzlich auf. »War Milan da?«, fragte sie und sah Fanny mit großen Augen an.

Fanny biss sich auf die Unterlippe. »Keine Ahnung. Da waren so viele Leute, dann diese ganze Aufregung, kann schon sein«, sagte sie beruhigend. »Jetzt schlaf erst mal, das klären wir dann morgen.«

Mika sank zurück in die Kissen, und bevor sie noch über irgendetwas nachdenken konnte, war sie auch schon wieder eingeschlafen.

Fanny knipste die Nachttischlampe aus und sah nachdenklich aus dem Fenster. Milan war nicht aufgetaucht. Und auch sie begann, sich allmählich Sorgen zu machen. Mit dem Ungarn, das hatte Fanny verstanden, war nicht zu spaßen.

Unten auf dem Gutshof ratterten gerade die letzten Pferdetransporter durchs Tor davon, als Maria aus dem Haus trat, um Hanns de Burgh zu verabschieden. »Mika geht es gut. Es ist nur ein Kratzer. Ein etwas größerer Kratzer, zugegeben, aber nichts Schlimmeres.«

Hanns lächelte mit ehrlicher Erleichterung. »Das freut mich. Wirklich.«

»Und was das Sportliche betrifft, hoffe ich, habe ich dir nicht zu viel versprochen«, sagte Maria selbstbewusst.

Hanns' helle Augen strahlten plötzlich vor Begeisterung.

»Unbedingt. Ich wusste ja, dass er aus Hallas Nachzucht ist...«

»Ihr Urenkel!«, bestätigte Maria stolz.

»...aber dass sich die Geschichte derart wiederholt, ist schon fast magisch. Ein magisches Pferd«, sagte Hanns beeindruckt.

Maria lächelte knapp. »Und die Gene meiner Enkelin.«

Hanns de Burgh nickte höflich. »Natürlich. Ein großes Talent.« Sie schwiegen einen Moment, dann reichte er Maria die Hand. »Wir sind im Geschäft, Maria. Ich komme morgen früh, und wir unterschreiben den Vertrag«, sagte er verbindlich. »Das war es doch, was du wolltest, oder?«

Maria schlug ein. »Du kennst mich gut. Und ich freue mich sehr. Bis morgen!«, antwortete sie feierlich.

Hanns de Burgh ging davon und Maria sah ihm nach. Ihr Herz fühlte sich plötzlich ganz leicht an. Ab morgen war es offiziell. Kaltenbach hatte einen neuen Trainer. Es hatte geklappt, das Gestüt war gerettet.

Sie sank auf die Stufen ihres geliebten Gutshauses, in dem sie nun doch alt werden würde. Maria Kaltenbach weinte, aber es waren Freudentränen. Zuletzt hatte sie vor zehn Jahren geweint und auch da war ihr das Make-up verlaufen.

13. Kapitel

Die Amseln sangen aus vollem Hals, das Licht fiel sommerlich vom Himmel und versprach einen herrlichen Tag. Marianne hatte den großen alten Holztisch im Garten liebevoll zum gemeinsamen Familienfrühstück gedeckt.

Maria, Sam, Tinka und ihr Vater, Dr. Anders, waren bereits in ein lebhaftes Gespräch vertieft, in dem es, soweit Fanny verstand, um die Vorteile der Offenstallhaltung ging – was immer das auch war.

Sam jedenfalls schien absolut begeistert davon zu sein, also war es sicher etwas Gutes, entschied Fanny, die ihrerseits gerade misstrauisch eines der Croissants anknabberte. Aber es war – sie konnte es kaum glauben – locker und duftig!

In dem Moment setzten sich Mikas Eltern neben sie. Elisabeth zwinkerte ihr zu und flüsterte: »Nur zu. Die hab ich vorhin geholt. Mariannes Hörnchen waren schon zu meiner Zeit lebensgefährlich.«

Fanny wollte gerade glücklich zubeißen, als ihr Handy piepste. Sie warf einen flüchtigen Blick auf das Display – wer störte sie in einem so vollkommenen Moment?

Aber dann wurden ihre Augen groß und das Croissant stürzte jäh in den Milchkaffee. »Dass... ich... Krass!« Sie zwickte sich selbst ins Bein, weil sie nicht glauben konnte, was sie gerade gelesen hatte.

Sam sah sie fragend an: »Alles klar mit dir, Zweibeiner?«

Fanny machte den Mund auf, um zu antworten, als die Person um die Ecke bog, auf die alle am sehnlichsten gewartet hatten.

Verlegen stand Mika da, in ihrer gestreiften Schlafanzughose, als alle am Tisch aufstanden und anfingen zu klatschen.

»Morgen«, sagte sie und grinste schief über den herzlichen Empfang. »Gibt's was zu feiern?«

Elisabeth ging zu ihrer Tochter und schloss sie in die Arme. »Mama hat mir erzählt, was du geleistet hast. Ich bin so stolz auf dich«, murmelte sie gerührt und wuschelte Mika durch die Haare, als hätte die gerade ihren fünften Geburtstag gefeiert.

»Mama«, murmelte Mika ein bisschen peinlich berührt und ließ sich neben Fanny auf einen Stuhl fallen. Trotz der Beule am Kopf fühlte sie sich an diesem Morgen großartig: Sie war ausgeschlafen, Ostwind glücklich und Kaltenbach gerettet. Das Einzige, was ihr zum perfekten Glück noch fehlte, waren Herr Kaan – und Milan.

Ein Schatten huschte über Mikas Gesicht, und sie wollte sich gerade an Fanny wenden, um nach Milan zu fragen, als Maria mit einem Silberlöffel gegen ihre Teetasse klopfte. »Ich möchte mein Glas – meine Tasse – auf meine Enkelin erheben. Auf Mika, ihre treuen Freunde, auf meine wunderbare Familie und auf Kaltenbach, das dank euch nun auch in der Familie bleiben wird«, schloss sie und schaute mit feuchten Augen in die Runde.

Alle hoben ihre Tassen.

»Und auf Ostwind«, ergänzte Mika.

Maria lächelte: »Und auf Ostwind, natürlich«, sagte sie mit Nachdruck, und Mika grinste zufrieden, denn es klang zum ersten Mal, als hätte ihre Großmutter es auch genauso gemeint.

Sie standen auf, ihre Tassen klirrten zusammen, und als sich alle wieder hingesetzt hatten, stand plötzlich Hanns de Burgh hinter Mika. Keiner hatte ihn kommen hören und das Gespräch am Tisch erstarb von einer Minute zur anderen.

»Ich störe doch nicht?«, fragte er und lächelte höflich in die Runde. Besonders Elisabeth errötete plötzlich heftig.

Mika drehte sich um und sah zu ihm empor. Herrn Kaans Worte klangen noch in ihrem Ohr, aber jetzt, wo der fliegende Holländer leibhaftig vor ihr stand, fiel es ihr schwer, sie zu glauben. Hanns de Burgh hatte ein Charisma, das alle am Tisch umfing wie ein Zauber.

»Das war eine ganz außergewöhnliche Vorstellung gestern«, sagte er und legte Mika die Hand auf die Schulter. »Ich bin wirklich beeindruckt.«

Mika schluckte. Eigentlich hätte sie dieses Lob mit Stolz erfüllen müssen, stattdessen stellten sich ihr die feinen Haare auf ihren Armen auf. Gefahr!, schoss es ihr durch den Kopf, doch sie lächelte nur. »Danke.«

»Und weil ich so beeindruckt war, bin ich nun auch hier«, fuhr Hanns geschmeidig fort. »Maria? Wollen wir?«

»Natürlich!« Maria sprang auf. »Wir gehen hinauf in den Salon. Ich sehe gerade, die Herren von der Bank sind auch soeben eingetroffen. Denen wollte ich das natürlich nicht vorenthalten.«

Maria erhob sich von der langen Tafel und ging mit Hanns den Bankern entgegen. Alle sahen ihnen schweigend nach, bis sie im Eingang des Gutshauses verschwunden waren. Der große Moment war gekommen.

Wichtigtuerisch zupfte der jüngere Banker seine Krawatte zurecht und setzte sich breitbeinig in den eleganten Ledersessel.

Klaus, der ältere Banker, nickte Maria wohlwollend zu: »Ich hab schon gehört von dem gelungenen Turnier gestern. Kompliment!«, sagte er und sah dabei Hanns de Burgh an, als wäre der bereits für diesen Erfolg verantwortlich.

Hanns de Burgh verzog seine Mundwinkel zu einem schwachen Lächeln, er hatte nicht viel übrig für belanglosen Small Talk.

»Kommen wir zur Sache«, sagte Maria und blickte in die Männerrunde.

Hanns de Burgh zog ein dünnes Bündel Papier aus seiner Ledertasche und reichte es Maria, die sich ihre goldene Lesebrille auf die Nase schob und den jüngeren Banker siegessicher anlächelte. »Sehen Sie. Ich habe Ihnen ja gesagt, dass Sie sich zu früh gefreut haben.«

Sie blätterte durch das Dokument und lächelte dabei froh ihren alten Schüler an – ihren Goldjungen, der endlich heimkehrte!

»Ach, ich muss das an sich gar nicht lesen«, sagte sie.

»Ich vertraue Hanns voll und ganz. Auf wie viele Jahre hast du den Vertrag denn ausgestellt?«

Hanns sah sie befremdet an. »Jahre?«

Maria blickte auf das Dokument in ihrer Hand und nun erstarb ihr Lächeln. Sie konnte es nicht glauben. Das konnte nur ein Irrtum sein. »Aber das ist ja ein... Kaufvertrag?«, stotterte sie verwirrt.

Hanns de Burgh schien ebenso verständnislos wie sie. »Natürlich. Was hast du denn gedacht?«

Die beiden Banker blickten stumm von Hanns zu Maria, von Maria zu Hanns, als wären sie bei einem Tennismatch.

Hastig blätterte sich Maria weiter durch den Vertrag. »Eine Dreiviertelmillion bietest du mir für... *Ostwind*?«

Hanns de Burgh sah sie kalt an. Es lag nichts mehr in seinem Blick außer Gier. »Darüber kann man reden. Das ist nicht mein letztes Wort«, sagte er schnell.

Maria schob den Vertrag von sich weg und stand mühsam auf. »Wir müssen uns unterhalten. Wenn die Herren uns für einen Moment entschuldigen würden?«

Vor Hanns trat Maria auf den langen, lichtdurchfluteten Flur des Gutshauses hinaus, dessen Wände voll waren mit Erinnerungen an ihre lange Karriere. Langsam hinkte sie zu einem gerahmten Foto, das Hanns de Burgh als Jugendlichen zeigte. Einen hellblonden, hochaufgeschossenen jungen Mann, der neben einer deutlich jüngeren Maria Kaltenbach stand und stolz eine goldene Trophäe in die Kamera reckte.

»Das war dein letztes Turnier für Kaltenbach«, sagte sie mit Wehmut in der Stimme. Sie drehte sich zu Hanns um, der hinter ihr stand und das Foto uninteressiert ansah. »Und ich dachte, es würden nun weitere folgen. Nur diesmal als Trainer.«

Und endlich begriff Hanns de Burgh. Er lachte laut auf. »Mein Gott, und ich dachte, du wolltest den Preis hochtreiben!«, rief er erleichtert. Und beeilte sich hinzuzufügen: »Eine Dreiviertelmillion ist nämlich ein Top-Angebot. Das Pferd braucht noch jede Menge Ausbildung, das war deutlich zu sehen. Deine Enkelin ist ja niedlich, aber als Springreiterin unbrauchbar. Kein Ehrgeiz. Ich werde ewig brauchen, um das wieder auszubügeln.«

Maria sah ihn fassungslos an. Hanns bemerkte die Röte, die ihr in die Wangen stieg. »Was? Hast du wirklich ernsthaft geglaubt, ich würde hier als Springtrainer anfangen? *Hier?* Also bitte, Maria, für wen hältst du mich? Oder besser: Für wen hältst du dich?«

Hanns de Burgh sah mitleidig auf Maria hinab und seine schönen weißen Zähne blitzten wie die eines Haifischs.

»Aber du hast hier angefangen... Das war dein Zuhause... Wie kannst du uns so hängen lassen?«, stammelte sie und stützte sich dabei zittrig auf ihren Stock. Mit einem Mal wirkte sie alt. Und müde.

»Ich zahle dir eine Dreiviertelmillion für ein unausgebildetes Pferd – nennst du das etwa hängen lassen?«, erwiderte Hanns mit schneidender Stimme. »Ich denke, wir haben jetzt Klarheit. Ich warte drinnen auf dich«, sagte er, und damit ließ er sie stehen und ging zurück in den Salon.

Maria legte den Kopf an die kühle Fensterscheibe. Da unten saß ihre Familie, nach so langer Zeit endlich wieder zusammen. Kaltenbach war ihr Zuhause. Sie wusste, sie musste nun ein schweres Opfer bringen. Das Richtige tun. Sie straffte die Schultern, gab sich einen Ruck und ging langsam zurück in den Salon.

Auf dem Balkon des Salons stand währenddessen der junge, schmierige Banker und wählte aufgeregt eine Nummer in seinem Handy. Er hatte seinen älteren Kollegen unter dem Vorwand, ein wichtiges Telefonat führen zu müssen, im Salon zurückgelassen, denn er musste diese spannenden Entwicklungen sofort weitergeben. Er hatte nicht viele Freunde, und deshalb war ihm jede Gelegenheit recht, ein bisschen Aufmerksamkeit zu bekommen. Und Diskretion war noch nie seine Stärke gewesen.

»Uli, bist du das? Ich muss dir was Brandheißes erzählen! Also wir sind doch gerade hier bei dem starrköpfigen alten Besen auf dem Reiterhof? Kaltenbach, genau, wegen der Zwangsversteigerung. Die steht mit 'ner halben Million bei uns in der Kreide – also der Hof gehört praktisch schon der Bank. Und jetzt, plötzlich, hat sie einen Typen an der Angel, der ein Pferd von ihr kaufen will. Nordwand heißt es, oder so. Und jetzt kommt's: Rate, was der für diesen einen Gaul geboten hat?«

Uli am anderen Ende riet offenbar nicht schnell genug, denn der junge Banker plapperte sofort weiter. »Eine Dreiviertelmillion! Dafür kriegst du eine Doppelhaushälfte, inklusive Kiesauffahrt! Und dann ist die Alte doch tatsächlich noch auf den Flur mit ihm, um den Preis *noch* höher zu treiben. Am Ende kriegt die eine Million für einen einzigen lahmen Gaul! Dafür kriegt man… zwei Doppelhaushälften! Oder, Moment, das wäre dann ja ein ganzes Haus… oder? Egal. Uli, ich muss wieder rein. Bleibt alles unter uns, ist ja klar, oder?« Damit ließ er sein Handy wieder zuschnappen wie ein Mann von Welt und ging zurück in den Salon.

Wen der Banker allerdings nicht bemerkt hatte, waren Familie Schwarz, Fanny, Sam, Tinka und Dr. Anders, die direkt unter ihm im Garten frühstückten und jedes einzelne Wort mitgehört hatten. Bestürzt saßen alle um den Tisch, sprachlos und starr wie in einem Wachsfigurenkabinett. Die ausgelassene Hochstimmung war wie weggewischt, und niemand fand zurück in diese Gegenwart, in der so etwas Ungeheuerliches passiert war.

Sie hat Ostwind verkauft. Sie hat Ostwind verkauft, dröhnte es immer wieder in Mikas Kopf. Sie hörte Herrn Kaans Worte, sah die eisigen Augen von Hanns de Burgh vor sich, sie konnte es einfach nicht fassen.

Ihre Mutter und Fanny legten ihr von jeder Seite eine mitfühlende Hand auf den Arm – aber Mika fühlte sich völlig taub.

Stumm verfolgten alle, wie Hanns de Burgh wenig später mit zufriedenem Gesicht zu seiner Limousine eilte. Nun, wo er hatte, was er wollte, würdigte er sie alle keines Blickes mehr. Sein Fahrer öffnete ihm die Tür, er stieg ein und der Wagen fuhr mit quietschenden Reifen davon.

Dann trat Maria mit den beiden Bankern auf die Terrasse. Sie schüttelte Klaus die Hand und seine Worte wehten herüber zum Tisch. »Ich bin sehr froh, dass du unterschrieben hast, Maria. Eine gute Entscheidung. Eine Zwangsversteigerung wäre doch für uns alle unschön gewesen.«

Maria nickte und dann gingen auch die Banker davon.

Sie blieb noch einen Moment auf der Terrasse stehen, als müsste sie überlegen, wie sie ihrer Familie die Nachricht am besten überbringen könnte. Sie wirkte niedergeschlagen, aber gefasst, als sie zurück zum Tisch kam. Langsam hinkte sie über die Wiese und ließ sich am Kopfende des Tisches nieder.

Alle sahen sie an, bis auf Mika, die auf ihren Teller starrte, auf den langsam Tränen tropften. Normalerweise hätte Mika laut geschrien, getobt, hätte das Geschirr vom Tisch gefegt und wäre ihrer Großmutter an die Gurgel gesprungen. Aber das hier war anders. Es war um Kaltenbach gegangen. Ein Pferd gegen ein ganzes Leben. Das war das Schlimmste: Mika verstand ihre Großmutter und konnte ihr trotzdem nicht verzeihen.

Maria atmete tief durch und sagte dann: »Ich habe mich schrecklich getäuscht.«

Da konnte Mika sich nicht mehr beherrschen. Sie funkelte Maria durch ihre Tränen hindurch an. »Ich habe mich auch getäuscht! Du hättest mir deinen großartigen Plan gleich verraten sollen. Dann hätte ich mir dieses Turnier sparen können. Diesen ganzen Mist, den ich hasse! Ich habe das nur für dich gemacht! Und du wolltest die ganze Zeit nur Ostwind diesem Folterer vorführen«, fauchte sie zornig.

Auch Elisabeth konnte nicht mehr an sich halten. »Warum kannst du dich nicht *einmal* gegen Kaltenbach und für die Menschen entscheiden?«, sagte sie mit zitternder Stimme.

Maria Kaltenbach sah erst ihre Tochter an, dann ihre Enkelin. Und wusste, sie hatte alles richtig gemacht. Sie lächelte niedergeschlagen, dann sagte sie: »Ich fürchte, genau das habe ich gemacht.«

Diesmal mischte sich Philipp ein, der immer der Erste war, wenn es um Logik ging. »Aber wir haben doch mit eigenen Ohren gehört, was der Banker gesagt hat: *Ich bin froh, dass du unterschrieben hast.* Also hast du Ostwind verkauft.«

Maria nickte. »Stimmt, ich habe unterschrieben, allerdings...«

In exakt diesem Moment lehnte Hanns de Burgh in den weichen Lederpolstern auf dem Rücksitz seiner Limousine und hielt den unterschriebenen Kaufvertrag in seinen Händen wie einen Derbypokal. Er hatte einen großartigen Deal gemacht. Dieses Pferd war einzigartig, und wenn er es erst einmal im Training hatte!

Sein Fahrer steuerte die Limousine gerade an Herrn Kaans verschlossenem Wohnwagen vorbei, als Hanns' Blick auf die letzte Seite des Vertrages fiel. Auf die gestrichelte Linie, auf der seine alte Lehrerin unterschrieben und ihm damit sein neues Siegerpferd verkauft hatte.

Er stutzte, blinzelte, hielt den Vertrag dicht vor seine Augen – aber es half alles nichts. Hanns de Burgh stieß einen gellenden Wutschrei aus, den Herr Kaan bis in sein Wohnzimmer hörte. Denn unter dem Kaufvertrag stand nicht *Maria Kaltenbach*, sondern etwas ganz anderes...

»POCAHONTAS???«, sagten alle in der Runde wie aus einem Mund und sahen Maria ungläubig an.

»Das war mein Lieblingspferd. Als ich ... aber das ist eine andere Geschichte.« Sie schmunzelte. »Ihr glaubt doch nicht im Ernst, dass ich diesem groben Idioten Mikas Pferd verkaufen würde«, sagte sie mit gespielter Empörung. »Ich lerne ja schließlich aus meinen Fehlern. Oder sagen wir, ich habe heute damit angefangen.«

»Oma!« Mika sprang auf, stürzte sich auf ihre Großmutter und umarmte sie stürmisch.

Elisabeth atmete erleichtert aus. »Mama«, schniefte sie mit tränenerstickter Stimme und umarmte Maria ebenfalls.

Auch der Rest der Tischgesellschaft war gerührt.

Fannys Hand tastete nach Sams, doch die war zu ihrer Überraschung zu einer harten Faust geballt. »Schön, dass ihr alle so glücklich seid. Aber was wird jetzt aus Kaltenbach, wenn ich fragen darf?« Sams Stimme klang seltsam verzerrt.

Maria löste sich aus der Umarmung und ihr Gesicht wurde wieder ernst. Es fiel ihr schwer, zu sagen, was sie jetzt sagen musste: »Kaltenbach wird es bald nicht mehr geben. Ich habe uns durch meinen kleinen Streich mit der Unterschrift vielleicht ein bisschen Zeit erkauft, aber ... ich schätze die Bank wird die Zwangsversteigerung in den nächsten Tagen veranlassen.« Ihre Stimme klang fest, nur eine einzelne verirrte Träne rann über Marias Wange und offenbarte, wie aufgewühlt sie war.

Alle schwiegen betreten, bis Elisabeth kleinlaut sagte: »Aber ich bin hier aufgewachsen.«

»Und ich habe hier Reiten gelernt«, ergänzte Tinka.

Mika wusste nicht, was sie sagen sollte. Eine Welt ohne Kaltenbach konnte sie sich nicht vorstellen. Was sollte aus Ostwind werden?

Maria seufzte resigniert. »Ich hätte auf Kaan hören sollen. Er hatte von Anfang an recht. Aber ich bin eine sture alte Frau. Und jetzt habe ich keine Kraft mehr, gegen Banken und Profitgeier zu kämpfen.«

Sam schaute so verzweifelt, dass es Fanny fast das Herz brach.

»Du kannst bei mir wohnen«, sagte sie schnell. Dabei wussten beide, dass das völliger Unsinn war.

Auch Elisabeth fiel ein: »Genau, Mutter, du wirst natürlich bei uns in Frankfurt wohnen.«

Mit dieser Idee schien nun absolut niemand am Tisch wirklich glücklich zu sein, obwohl Philipp sich beeilte, ein wenig überzeugendes »Natürlich, selbstverständlich!« hinzuzufügen.

Maria sah gerührt in die mitfühlenden Gesichter. »Danke, aber ich werde schon klarkommen.«

»Uh-oh«, sagte Philipp mit einem Räuspern, und Maria blickte ihn verständnislos an. »Ich fürchte, das mit der Zwangsvollstreckung könnte schneller gehen, als du gedacht hast, Maria«, erklärte er und nickte in Richtung Einfahrt, durch die gerade ein Polizeiwagen in den Hof fuhr.

Maria erschrak. Dass es so schnell gehen würde, hatte sie nicht gedacht. Schwerfällig stand sie auf, um den Beamten entgegenzugehen. Wortlos folgten die anderen ihr auf den

Hof, wo sie sich hinter ihr aufstellten wie eine Armee hinter ihrer geschlagenen Feldherrin.

Die junge Polizeibeamtin blinzelte verwirrt, als ihr dieses Empfangskomitee entgegentrat.

Sie schluckte nervös. »Äh... sind Sie Maria Kaltenbach?«, fragte sie unsicher.

Maria nickte. »Ja, das bin ich«, sagte sie.

Der dickliche Kollege der Polizistin übernahm. »Sind Sie die Eigentümerin dieses Reiterhofs?«, fragte er.

»Gestüt«, korrigierte Maria ihn freundlich. »Und ja, das bin ich.«

»Ja, also wie auch immer. Wir haben heute Morgen hier in der Nähe eine Razzia auf einem Hof durchgeführt. Es gab Verhaftungen und der Hof wird bis auf Weiteres geschlossen. Jedenfalls, die Kollegen haben dort ein gutes Dutzend verwahrloster Pferde sichergestellt, und... ehrlich gesagt, wissen wir nicht, wohin mit ihnen«, schloss der Polizeibeamte, nun auch etwas eingeschüchtert.

Maria starrte ihn verständnislos an, während Fanny, Sam, Tinka und Mika entgeistert die Augen aufrissen.

Die junge Polizeibeamtin hatte nun wieder zu ihrer Sprache gefunden, und in ihrer Stimme lag Mitgefühl: »Es sah da wirklich übel aus... dieser Mann hat Pferde gehalten wie in einer Legebatterie. So etwas habe ich noch nie gesehen. Sie würden wirklich ein gutes Werk tun.«

Der ältere Polizist warf ihr einen strafenden Blick zu und übernahm wieder das Wort: »Was meine Kollegin meint: Hätten Sie auf ihrem Reit... Gestüt noch Kapazitäten frei, diese Pferde aufzunehmen? Das Land kommt natürlich für die Kosten auf.« Maria brauchte einen Moment, um all die Informationen zu verarbeiten, dann sagte sie: »Natürlich. Ja. Wir haben Kapazitäten.«

»Wunderbar! Dann funke ich gleich mal die Kollegen an, damit sie die Pferde herbringen können«, sagte die junge Polizistin glücklich und ging zum Streifenwagen, um die frohe Botschaft durchzugeben.

Der andere Beamte nickte zackig und wollte ebenfalls gehen, als Mika hinter ihrer Großmutter hervortrat. »Wen haben Sie denn genau festgenommen?«, fragte sie, ihre Stimme klang besorgt.

Der Polizist erwiderte streng: »Dazu kann ich wegen der laufenden Ermittlungen leider nichts sagen.«

»Vielleicht einen Jungen? Ungefähr 16, ziemlich groß, mit dunkelbraunen Locken und dunkelbraunen Augen?«, ließ Mika nicht locker.

Der Polizist schüttelte nur den Kopf. »Tut mir leid.«

In dem Moment kam die junge Beamtin zurück. »Die Kollegen kommen, sobald sie die Pferde verladen haben«, berichtete sie, »wenn sie mit dem Herrn Ungar – unserem *einzigen* Verdächtigen – fertig sind«, sagte sie und zwinkerte Mika dabei zu.

Erleichtert atmete Mika aus. Milan war zumindest nicht verhaftet worden.

Nun hatte aber auch Maria noch eine Frage: »Wie kamen Sie eigentlich darauf, den Ungarn endlich dingfest zu machen?«

»Ein anonymer Hinweis«, sagte der Beamte barsch, bevor seine Kollegin, die Plaudertasche, den Mund aufmachen konnte.

Doch dazu kam die junge Beamtin gar nicht mehr, denn schon wieder rollte ein fremdes Auto über den Hof – und was für eines! Alle Augen richteten sich gebannt auf die blitzende Luxuskarosse, die lautlos neben dem Polizeiauto zum Stehen kam. Ein schmaler Mann im Nadelstreifenanzug stieg aus und blickte sich angetan um. Seelenruhig zog er eine kleine Kamera aus der Tasche und fotografierte das Gutshaus, den Reitplatz und die alte Kastanie, unter der die Gruppe um Maria stand und ihn verdutzt anstarrte.

Der Fremde ließ die Kamera sinken, ein erwartungsvolles Lächeln erschien auf seinen Lippen und er kam beschwingt auf sie zu. Sahen so Zwangsvollstrecker aus?

»Sind Sie Pferde?«, fragte er mit einem seltsam singenden Akzent.

»Äh, nein. Mein Name ist Kaltenbach«, antwortete Maria irritiert.

»Polizei«, stellte sich der dicke Polizist überflüssigerweise vor.

»Ich komme die Trainer?«, fragte der Mann höflich und machte eine kleine Verbeugung.

Maria Kaltenbachs Lippen wurden zu einer schmalen Linie. »Ach ja. Tut mir leid, da sind Sie umsonst gekommen. Hanns de Burgh wird *nicht* als Springtrainer auf Kaltenbach arbeiten. Das war eine bedauerliche Falschmeldung.«

Der Mann schien nun seinerseits irritiert zu sein. »Ich bin nicht hier für Chris de Burgh«, sagte er.

»Hanns«, korrigierte Maria automatisch.

»Ich bin nicht hier für Hanns de Burgh«, wiederholte der Mann freundlich. »Ich bin hier wegen *Kentaurin*.«

Dann erhellten sich seine Züge, und er deutete lächelnd auf Mika: »Wegen Sie!«

Keiner sagte etwas, nur Fanny entfuhr ein überraschtes Quietschen.

»Bitte, *was*?«, fragte Elisabeth.

»Bitte, *wer*?«, fragte Mika.

Der Nadelstreifenmann öffnete seine Aktentasche, zog eine Zeitung heraus und hielt sie hoch. Es war die aktuelle Ausgabe der *Frankfurter Allgemeinen Zeitung*. Alle starrten die Seite an, die aufgeschlagen war.

Unter der Überschrift »Jugend schreibt – Der Siegerartikel« waren zwei große Farbbilder zu sehen: Eines zeigte eine Holzfigur, die halb Pferd, halb Mensch war.

Und auf dem anderen sah man Mika auf Ostwinds Rücken. Er stand auf einer dunkelgrünen Wiese, Mika lachte und hatte ihre Arme um seinen Hals geschlungen. Mika trat näher und las laut vor: »*Die Kentaurin oder wie Mika ihre Gabe entdeckte – Von Fanny Schleicher.*«

Nun drehten sich alle Köpfe zu Fanny um, die puterrot geworden war.

»Ich ... ich ... schätze, ich habe den Wettbewerb gewonnen«, stammelte sie.

Mika machte große Augen.

»Ich hab nur geschrieben, was letztes Jahr passiert ist. Und was Herr Kaan mir erzählt hat. Eure Geschichte.«

»Krass«, war das Einzige, was Mika dazu einfiel, und dann faltete der Besucher die Zeitung auch schon wieder sorgfältig zusammen und verstaute sie in seiner Tasche, als wäre es ein wichtiges Dokument. »Mein Client liest gerne deutsche Zeitung, wegen das Wirtschaftsteil…«, er winkte ab. »Unwichtig. Wichtig ist, mein Client hat einen Pferd, seit er ein kleines Junge ist. Er liebt diesen Pferd über alles. Dann der Pferd hat einen Unfall und niemand kann heran an ihn seither. Niemand.«

Er schüttelte tieftraurig den Kopf. »Mein Client ist sehr verzweifelt und er bittet Sie um Ihre Hilfe«, sagte er mit seiner schönen, weichen Stimme und wandte sich nun direkt an Mika.

Mika sah ihn ungläubig an. Meinte er wirklich sie?

»Und wer ist Ihr Klient so?«, fragte Sam, weil Mika nichts sagte.

»Omar Ali Saifuddin IV.«, antwortete der Mann mit einem höflichen Nicken. »Er zahlt gerne jeden Preis.«

Sam drehte sich zu Fanny. »Kannst du mich bitte mal kneifen?… Aua! Danke.«

Fanny grinste wie ein Honigkuchenpferd, doch bevor sie etwas sagen konnte, funkte schon wieder jemand dazwischen. Diesmal war es Marianne, die mit dem schnurlosen Telefon aus dem Haus gelaufen kam und atemlos keuchte: »Frau Kaltenbach? Also, des is jetzt schon der siebzehnte Anrufer, der sein Pferd sofort herbringen will! Aber wir habe hier doch gar keinen Pferdeflüsterer, oder? Und Kent-Aurin, was ist des denn für ein Name?«

Philipp Schwarz griff nach der Hand seiner Tochter und hielt sie ganz fest.

Die Polizeibeamtin stieß ihren Kollegen in die Seite. »Na,

und Sie behaupten immer, hier in der Provinz wäre nichts los«, flüsterte sie lächelnd.

Ein Freudenschrei kam über Sams Lippen, dann nahm er die verdatterte Fanny in die Arme und gab ihr einen fetten Kuss.

Dr. Anders warf Tinka in die Luft, Maria umarmte versehentlich den mürrischen Polizisten, und der Anwalt des Scheichs wunderte sich mal wieder über die merkwürdigen Rituale dieser Deutschen.

Nach den ganzen Aufregungen tat es gut, etwas Ruhe zu finden. Als Mika und Ostwind neben Maria den Schotterweg entlangspazierten, färbte sich der Himmel im Westen bereits rot. Eine einzige Gefühls-Achterbahn war der Tag gewesen, und auf Kaltenbach hatten sie immer noch alle Hände voll damit zu tun, die Pferde des Ungarn unterzubringen.

Nur Mika und Maria hatten sich eine kurze Auszeit genommen und machten einen kleinen Abendspaziergang. Mika, um Ostwind endlich zurück zu 33 zu bringen, und Maria, weil sie jemandem eine lange überfällige Entschuldigung überbringen musste.

Mikas nackte Füße baumelten an Ostwinds Seite, der es kaum abwarten konnte, endlich wieder zu seiner Koppel zurückzukehren. Er schüttelte den Kopf und schnaubte voller Vorfreude. Marias Hand lag auf seinem Rücken, und der Hengst ging extra langsam, damit sie Schritt halten konnte.

»Weißt du, Mika, ich habe mir so lange den Kopf zerbrochen, wie ich Kaltenbach retten könnte. Ich habe so verzweifelt nach etwas Besonderem gesucht, dass ich den Wald vor lauter Bäumen nicht gesehen habe. Dabei lag das Besondere so nah. Und ich hätte nur die Augen aufmachen müssen.«

Sie sah zu ihrer Enkelin auf. »In Zukunft werde ich versuchen, den Pferden etwas zurückzugeben. Ich denke, das schulde ich ihnen«, sagte sie. »Und ich denke auch, ich kann noch viel von euch lernen.«

Mika schluckte gerührt. »Und ich von dir«, sagte sie dann einfach und meinte es genauso.

»Bin gespannt, wie alles weitergeht«, sagte sie nach einer Weile, in der sie in schweigender Eintracht nebeneinanderher gewandert waren. Ihre Großmutter lächelte. »Zumindest haben wir allein heute schon über zweihundert Anfragen bekommen – deine Freundin scheint wirklich schreiben zu können.«

Mika grinste. »Klar. Fanny ist die Beste.«

»Also, wir werden sehen, wie es weitergeht. Das müssen wir in Ruhe mit der ganzen Familie besprechen«, sagte Maria, und ihre Augen leuchteten bei dem Wort auf. Wenn die Schrecken der vergangen Tage ihr etwas gezeigt hatten, dann wie wichtig Familie war.

An der Weggabelung blieb Maria stehen und stützte sich auf ihren Stock. Sie wirkte nervös.

»Sag ihm einfach, dass es dir leidtut.«

»Ob das reicht?«

»Dann sag noch das, was du eben zu mir gesagt hast. Das reicht auf jeden Fall!«

Maria lächelte. »Ich hoffe es. Für das, was wir vorhaben, brauchen wir nämlich seine Hilfe.« Sie strich Ostwind zum Abschied über die Stirn und dann trat sie mutig den Weg zu Herrn Kaans Wohnwagen an.

Mika blickte ihr nach, so lange, bis Ostwind ungeduldig den Kopf hob und wieherte. Sofort wieherte es zurück, und es war nicht sein Echo, sondern 33, die schon auf ihn wartete.

Mika lehnte an dem dicken Stamm der Steineiche und zog geräuschvoll die Nase hoch. Tränen liefen ihr über das Gesicht, aber es waren zumindest zu 80 Prozent Freudentränen. Die Szene, die sich vor ihren Augen abspielte, war aber auch zu schön, um wahr zu sein: ausgelassen und glücklich galoppierte Ostwind neben 33 über die grüne Wiese. Auf dem Abhang blieben sie stehen und verschränkten ihre Hälse miteinander.

Mika zog noch einmal die Nase hoch. Milan war weg. Warum vermisste sie ihn dann, obwohl sie ihn doch kaum kannte?

Es fühlte sich an, als würde sie ihn schon ewig kennen.

Und er mich, dachte sie gerade, als es raschelte und sich jemand neben ihr ins Gras plumpsen ließ. Milan.

Er lachte sie an und Mika rieb sich schnell ihre rote Nase.

»Was willst du denn hier?«, fragte sie schroff und starrte trotzig geradeaus, obwohl ihr Herz gerade einen sehr unerwarteten Purzelbaum geschlagen hatte.

»Tut mir leid, dass ich das Turnier verpasst hab«, sagte er aufrichtig. »Ich musste was erledigen.«

Mika sah ihn an. Ihr kam ein Gedanke. »Warst du das etwa? Der anonyme Tipp bei der Polizei?«

Milan nickte. »Ich hätte das schon viel früher machen sollen, aber ich wusste einfach nicht, wo ich dann hinsoll«, sagte er.

»Meinst du, ihr könnt auf Kaltenbach noch einen zweiten Stallburschen gebrauchen?«, fügte er vorsichtig lächelnd hinzu.

Ein Grinsen breitete sich auf Mikas Gesicht aus. »Ich könnte es mir vorstellen. Die Polizei hat nämlich gerade fünfzehn Pferde aus schlechter Haltung befreit und zu uns gebracht – wir haben jede Menge Arbeit.«

Milan starrte sie entgeistert an. »Nein!«

»Doch.«

Milan begann zu strahlen und sah Mika an, als wollte er nie wieder wegschauen. Dann legte er den Arm um sie und Mika ihren Kopf an seine Schulter. So saßen sie da, und Mika erzählte Milan alles, was geschehen war: von ihrem Unfall, dem Turnier, Hanns de Burgh, bis hin zu Fannys Zeitungsartikel, den außer dem Sultan von Brunei noch viele andere Leute gelesen hatten und mit dem sie Kaltenbach wahrscheinlich gerettet hatte.

Sie redeten, bis es dunkel wurde, und irgendwann beobachteten sie nur noch die Pferde, die in der Dämmerung ruhig grasten.

»33 braucht einen neuen Namen«, sagte Milan.

Die weiße Stute hob ihren Kopf und spitzte aufmerksam die Ohren. Eine Weile überlegten sie, dann sagte Mika todernst: »Wie fändest du 34?«

Und dann lachten beide so laut, dass die müde Amsel, die es sich gerade auf einem Ast über ihren Köpfen gemütlich gemacht hatte, erschrocken davonflog.

Epilog

Fanny fuhr tatsächlich nach Paris, allerdings nicht mit Mika, sondern mit Sam, der sich begeistert von ihr den Eiffelturm, den Louvre und jede einzelne der 347 Brücken zeigen ließ. Mit Fanny an seiner Seite hätte er sich aber auch das Heimatmuseum von Hirzenhain-Merkenfritz und den größten Kürbis der Walachei angesehen, so toll fand er sie.

Was Kaltenbach betraf, so überzeugte ein Anruf des Sultans von Brunei die Bank, dass ein Therapiezentrum für traumatisierte Pferde höchst vielversprechend war, und die Zwangsversteigerung wurde sofort gestoppt.

Karl Ungar wurde zu einer langen Haftstrafe verurteilt und Milan begann auf Kaltenbach eine Ausbildung zum Pferdewirt. Mika hatte ihrer Großmutter erzählt, was er für die Pferde getan hatte, und Maria freute sich, einen so guten Lehrling zu bekommen.

Und Mika selber freute sich noch mehr, denn nach langen Gesprächen entschlossen sich Elisabeth und Philipp, zukünftig mehr Zeit auf Kaltenbach zu verbringen. Denn schließlich wollten sie ihre Tochter auch mal zu Gesicht bekommen, die nach diesen Sommerferien nicht mehr in die Stadt zurückkehren würde. Mika würde bei ihrer

Großmutter und bei Ostwind auf Kaltenbach bleiben. Dort würde sie sich zusammen mit Herrn Kaan um die schweren Fälle kümmern, denn Mika und ihre Gabe waren das Besondere, das Kaltenbach schon bald in der ganzen Pferdewelt berühmt machen sollte.

Für die schönste Überraschung von allen sorgte die Stute 34, die im folgenden Frühsommer ein Fohlen zur Welt brachte.

»Denk doch nur mal: das Fohlen eines Weltklasse-Springpferds *und* eines Weltklasse-Rennpferds. Das ist doch eine unschlagbare Kombination!«, sagte Maria aufgeregt zu Mika, die neben ihr stand und das neugeborene schwarzweiß gescheckte Fohlen betrachtete, dass sich gerade zum ersten Mal auf seine wackeligen Beinchen gekämpft hatte.

»Lasst uns doch einfach abwarten, was *sie* werden will«, sagte Herr Kaan einfach. Und damit hatte er wie immer recht – doch das ist eine andere Geschichte.